제주에서 길을 묻다

제주에서 길을 묻다

초판 1쇄 2022년 2월 10일

지은이 김영삼
그림·사진 송숙희
펴낸이 허주영
펴낸곳 시우
주소 서울시 종로구 부암동 332-19
전화 02-6085-3730
팩스 02-3142-8407
등록번호 제204-91-55459
ISBN 979-11-87694-21-2 03810

가격은 뒤표지에 있습니다.
잘못된 책은 바꾸어드립니다.

시우는 미니멈의 브랜드입니다.

제주에서 길을 묻다

내 삶의 그랑 투르,
은퇴 후 연착륙에 성공하다

김영삼 글 | 송숙희 그림·사진

時雨

추천사

새로운 삶을 살아갈 용기와 희망을 제주에서 찾은 이야기예요

제주시 구좌읍 세화리에서 작은 인문사회과학 책방 '제주풀무질'을 꾸리고 있는 은종복이에요. 서울 명륜동에서 '풀무질' 책방을 26년 동안 하다가 젊은 사람들께 물려주고 2년 6개월 전 제주에 내려와 다시 동네 책방을 열었으니 28년째 책방을 하고 있네요.

글쓴이와는 10년 앞서부터 제천간디학교가 인연이 되어 선후배 학부모로 알았으나 자주 만나지는 못했지요. 그러다 제주도에서 책방을 시작하고는 종종 만났어요.

어느 날, 제주에서 생활하면서 생각하고 느꼈던 감정을 적었다고 가져오셨기에 조금만 다듬으면 좋은 글이 될 것 같아 책으로 내면 어떻겠느냐고 권했어요. 책방의 손님들이 제주 나들이를 잘 할 수 있는 책을 물어도 선뜻 추천할 만한 책이 많지 않아요. 저자의 글을 보고 바로 이거다 싶었어요.

이 책에는 글쓴이가 제주도에서 봄·여름·가을·겨울 다시 봄을 살면서 느낀 감정이 담담하게 담겼어요. 이 책을 읽으면 글쓴이가 갔던 곳을 방문해 같은 감흥을 느껴보고 싶어집니다.

글쓴이는 마음이 참 따뜻해요. 제주도가 온갖 개발로 더럽혀지는 것을 마음 아파하지요. 제주도에서 있었던 4.3사건을 온몸으로 느끼기도 하죠. 제주도 나들이를 하면서 아름다운 곳에 마음을 흠뻑 빼앗겼다가도 제주 할머니를 만나며 아픔을 나누지요. 제주도 이야기를 무겁지도 가볍지도 않게 풀어냈어요. 제주도에 와서 한 달 살이 하는 분이 읽어도 좋고, 짧게 오시는 분도 가보고 싶은 곳을 찾아서 읽으면 좋아요. 제주도에 나들이를 못 오시는 분이라면 이 책을 보고 아마 제주도에서 아예 살고 싶다는 생각이 들지 싶어요. 직접 찍은 사진만 봐도 아름다운 제주도에서 일 년을 산 느낌일 거예요.

제주에서 자연과 함께 생활하면서 힘차게 달려온 지난 삶을 위로받고 때로는 반성하며 새로운 삶을 살아갈 힘을 얻은 글쓴이의 이야기가 인생의 전환기를 맞은 사람들에게 많은 도움이 될 거예요.

글쓴이는 공무원 생활을 30년 가까이 하다가 퇴직하고 제주도에 내려와 꽉 짜인 일상에서 벗어나 진정한 자아를 찾고 싶어 했어요. 제주에서 생활하면서 느꼈던 감정을 어릴 때 자란 시골의 정서를 더해서 매우 진솔하게 자신의 정체성을 찾아가는 이야기로 담아냈어요. 오랜 직장 생활을 하면서 무뎌졌던 감정들을 제주도에서 한 해 조금 넘게 살면서 되찾고, 어릴 때 느꼈던 꿈과 정서를 다시 가꾸게 되었지요.

아름다운 제주도가 더럽혀지는 것을 안타까워하면서 자연의 소중함을 느끼고, 그 자연을 통해 내려놓음과 비움을 배우며 마음의 안정을 찾고, 새로운 삶을 살아갈 용기와 희망을 찾아가는 따뜻한 이야기가 가득해요.

제주풀무질 일꾼, 은종복

프롤로그

새로운 길 찾기, 제주로의 긴 여행

어김없이 세월은 흘러 직장 생활을 마감할, 퇴직의 순간이 내 앞에 성큼 다가왔다. 정년퇴직이란, 직업이 없는 소위 백수 생활의 시작이고 중년에서 노년으로 접어드는 길목이라고 부정적으로 인식하는 사람이 많다. 그러나 건강하고 무탈하게 직장에 다니면서 가족을 건사했고, 맡은 직분에 충실하면서 나름의 방법으로 국가에도 헌신하였기에 영광의 시간을 보낸 내게 주어진 행운이라고 생각했다.

퇴직을 앞둔 나에게 많은 후배가 축하의 마음보다 동정심이 앞서 어떻게 위로의 말을 해야 할지 조심스러워했다. 그런 후배들에게 당당하게 축하를 해달라고 부탁했다.

하지만 나도 평범한 인간이기에 퇴직에 대한 두려움이 없지는 않았다. 퇴직으로 인해 우울과 두려움이 몰려들기도 했지만 이는 어느새 내 삶을 한번 자유롭고 멋지게 펼쳐보아야겠다는 강한 희망으로 승화되었다. 그러자 퇴직을 즐겁게 맞이할 수 있는 여유로움이 내 마음 한 곳에서 조용히 움텄다.

직장 생활 내내 매사 숨죽이고 신중하게 발을 옮겼고, 나를 제대로 드러내지 못했으며, 옆을 살펴볼 겨를도 없이 참 바쁘게 살아왔다. 때로는 흰색을 보고 하얗다고, 검정색을 보고 검다고 아무 거리낌 없이 자연스럽고 당당하게 얘기할 수 있는 자유가 그리웠다.

이제 여기서 더 이상의 욕심은 부리지 않고 내게 주어진 모든 여건에 만족하고 감사하며 지금부터 천천히, 여유롭게 후반기 인생을 가꾸어나가고 싶었다.

퇴직의 시간을 맞이하면서 아무 생각도, 준비도 하지 않았다면 거짓말이겠지만 그렇다고 특별하고 대단한 무엇을 하지는 못했다. 구체적인 실행 계획을 세운 것도 없고 그냥 이것저것 떠올리며 꿈꿔온 것이 전부였다.

나에게 퇴직이란 많은 사람과의 관계 속에서 생활하다 어느 날 갑자기 관계들이 사라지고 혼자만의 시간을 갖게 되는 '사회관계망의 대전환'으로 인식되었다. 그래서 어쩌면 시련의 시간일지도 모른다는 생각도 들었다. 많은 선배가 퇴직하면 최소한 1년 이상은 맘 편히 푹 쉬려고 하지만 막상 텅 빈 시간 앞에 놓이면 적응하기 힘들고 심지어 우울장애를 겪는다고 이야기해주었다.

퇴직 이후의 당당한 삶을 위해 현실을 담담하고 조용히 받아들이고 과거에 집착하지 않을 '마음 근육'을 만들어야 했다. 일하면서 무기처럼 지녔던 날카롭고 냉철한 생각들을 가능하면 떨쳐버리고 세상에 대해 스스로 무뎌지고 의식적으로 둔감해져야 했다. 긍정적인 사고와 낙천적인 생각이 절실했다.

나만의 생각으로 타인에게 엄격했고 남에게 지는 것이 싫어 어떻게 해서든 남을 이기려는 아주 잘못된 습성이 많았다고 감히 고백한다. 치열한 생존경쟁에서 허약하고 무능한 내 자신의 모습을 숨기려 허세를 부리며 위선적으로 살기도 했다.

젊은 날 혈기왕성했던 이기심도 이제는 세월 앞에 어쩔 수 없이 낡고 힘이 빠질 수밖에 없다. 과거에서 과감하게 벗어나기 위해서는 자성의 시간이 가장 먼저 필요했다.

팀 마샬은《지리의 힘》에서 때로 지리가 개인의 운명을 좌우한다고 했다. 늘 같은 장소에서 같은 밥을 먹으면 바뀌는 것이 없다. 퇴직의 순간, 급격하게 변하는 생활을 담대하게 받아들이기 위해서는 연착륙이 필요할 것 같아 당분간 여행하는 기분으로 살아보겠다는 마음으로 제주에서 1년 살기를 결정했다.

익숙한 공간을 떠나 낯선 곳에서 생활하며 현실의 근심과 걱정은 멀리하고 새로운 희망을 설계하고 싶은 간절한 마음이었다. 장엄한 제주의 자연과 함께하는 시간 속에서 알량한 자존심을 내려놓고 진짜 나를 만나서 지나온 인생을 하나씩 되돌아보고 앞으로 나아갈 방향을 고민하고 싶었다.

아내가 함께했기에 모든 일이 순조롭게 진행되었다. 약간의 문제가 있었지만 아내는 '환자를 돌본다는 마음으로 간다'라며 제주행에 동행했다. 직장 생활로 소홀히 했던 가족들과의 관계 회복도 제주 생활의 중요한 과제 중의 하나였다.

제주 생활에 대해 말을 꺼내자 격려와 칭찬도 들었지만 반대하는 친구들도 많았다.

"제주는 좁아서 며칠만 돌아보면 갈 데가 없고 지겨울 거다."

"제주는 섬이라 고립감과 외로움을 많이 느낄 것이다."

나를 걱정하는 마음에서 말리는 사람이 많아 조용조용 제주행을 준비했다. 도시에서 꽉 짜인 일정에 따라 살다가 갑자기 허허로운 제주의 삶으로 이동하면 주변 환경과 생활의 속도 변화에 쉽게 적응할지 걱정이 들기도 했다. 혹여 세상에 뒤처지지는 않을까 염려도 되었다.

쉽게 결정하지는 않았으나 적지 않은 나이라 막상 제주에서의 생활을 새롭게 시작하려니 많이 망설여졌고 약간의 두려움도 있었다. 그러나 내 인생에 가장 젊은 지금 실행하지 못하면 영원히 경험하지 못할 것이라는 생각으로 강하게 추진했다.

왜 제주였을까? 제주 여행을 몇 차례 다녀왔지만 항상 아쉬움이 남았고 꼭 한 번은 그곳에서 살아보고 싶었기 때문이다. 또 퇴직한 나를 동정 어린 시선으로 바라보는 일부 사람들과 조금 떨어져 있고도 싶었다.

퇴직하고 시작한 요리학원의 수업을 받으면서 제주로의 긴 여행을 준비하는 하루하루는 새로운 기대감으로 충만한 내게 넘치는 행복감으로 다가왔다.

차례

2장

여름

3장

가을

4장

겨울

5장

다시, 봄

1장

봄

모래시계를 뒤집는 시간,
진정한 내면의 나 자신을 직면하고 싶어
설렘의 바람을 맞으러
새로운 장소로 떠난다….

1 제주에서 집 구하기와 이사 준비

내 말이 항상 옳고 진리이며, 스스로 잘났다는 아집이 가득한 떫고 비리던 내 젊음도 떠나간다. 그동안 내 스스로에게 얼마나 정직하고 엄격했는지 진지하게 묻고 싶다. 퇴직이라는 삶의 터닝 포인트를 맞아 알량한 자존심을 내려놓고 벌거숭이인 채 나를 반성하고 돌아보는 성찰의 시간이 필요함을 절실히 느꼈다. 치열하게 살아온 인생을 정리하고 진정한 자유를 찾을 수 있는 행복의 시간을 계획하기 위해서 낯선 제주에서의 그랑 투르를 결정했다.

제일 먼저 해야 하는 것은 제주에서의 생활터전 마련하기였다.

제주에서 인생의 길을 묻다

'쇠뿔도 단김에 빼다'는 마음으로 12월 말에 퇴직하고 바로 1월에 집을 구한다는 명분으로 답사 여행을 떠났다.

제주 공항에 내리자 시리게 파란 하늘 아래 차가운 공기 속 이국적인 내음이 코끝에 실려 왔다. 멀리 눈을 뒤집어쓴 한라산마저 무척이나 친근하게 느껴졌다.

"제주행 결정을 잘했다."

이렇게 격려하는 듯한 느낌이 영상 4도의 쌀쌀한 날씨와 달리

내 마음을 포근히 감싸 안았다. 웅장한 한라산 앞에 서니 오만하고 경솔했던 지난날들이 더욱 부끄러워진다.

오기 전에 정한 제주 1년 살기 집의 조건은 두 가지였다.

첫째, 번잡한 도시와 관광지는 피한다

둘째, 저렴한 곳이면 좋겠다

결론은 관광객이 드물고 외지인의 손때가 덜 탄 한적한 동네가 정답이었다. 제주에 먼저 정착한 지인들이 온라인보다는 반드시 현장을 보고 계약하고 식구가 단출하니 첫째도 둘째도 관리하기 쉬운 곳이어야 한다고 강권했다.

온라인으로 찜했던 몇 곳을 먼저 둘러보았다. 아직은 오프라인에 익숙했는지 직접 보니 생각했던 것과 차이가 많았다. 그리고 부동산중개소가 소개하는 몇 곳을 더 보았지만 마음에 꼭 맞는 집을 찾지 못했다. 집 구하기는 생각보다 쉬운 일이 아니었다. 처음에는 텃밭이 있는 시골의 작은 주택을 선호했지만 결국은 이상보다 실리를 택하게 되었다.

마침 부동산중개소에서 표선면 한적한 곳에 있는 아파트를 추가로 소개했는데, 조건에 부합하고 마음에도 들어 바로 결정했다. 그 자리에서 1년 임대 계약까지 일사천리로 진행했다. 아파트는 7년 전에 건설되었고 69㎡(21평)에 가전제품이 풀옵션으로 모두 갖춰졌다. 바다가 보이지는 않지만 자동차로 10분 내외면 해변가도 갈 수 있고 무엇보다 표선면소재지가 멀지 않아서 웬만한 편의시설도 쉽게 이용할 수 있었다.

우리 부부에게 안성맞춤의 집이었다.

임대료는 보증금 300만 원에 월세 50만 원이며 월세 1년치를 선불로 지불했다.

제주에는 음력으로 정월 초순경을 '신구간'이라고 하는 특이한 세시풍속이 있다. 이때는 인간세상에서 길흉화복을 관장하는 신들이 임무 교대를 위해 모두 하늘로 올라가 지상에 신이 없다. 제주 도민은 이 시기에 이사, 집 수리, 산소 정비 등 평소 금기시되었던 일들을 한꺼번에 처리한다. 이 신구간 풍속에 따라 제주에서 부동산의 임대는 대부분 일정 금액의 보증금에 1년치 임대료를 미리 받는 '연세' 제도가 성행한다.

계약을 마치고 다시 집 안팎을 애정 어린 눈으로 둘러보았다. 건물 밖으로 나와 살펴보니 도시 아파트처럼 층수가 높지 않고 차 소리 같은 소음이 적어 안락했다. 아파트로 들어오는 마을길에는 밀감, 무, 당근, 브로콜리밭과 띄엄띄엄 개인 주택들이 보였다.

이곳에는 어떤 이야기들이 숨어 있을까? 나는 어떤 이야기들을 만들어나갈까? 가슴에 자꾸 기분 좋은 바람이 들어찼다.

주변 마을이 예뻐 제주도로 옮겨 오면 제일 먼저 마을 탐방부터 해보리라 결심하고 설레는 마음을 뒤로하고 아쉬운 발길을 돌

내가 살았던 표선면 마을 전경

렸다. 이제부터 남은 두 달 동안 준비해야 할 게 많았다.

집을 계약하니 제주살이가 실감나기 시작했다. 차근차근 이사를 준비했다. 가전제품이 구비되어 있으니 우리는 이불, 가재도구, 옷 등 기타 생활용품들만 챙기면 되었다. 그래도 짐이 한 보따리였다. 살아가는 데 필요한 게 왜 이리 많은지. 깨달음을 얻은 현자가 아니면 맨몸으로 와서 빈 몸으로 살 수는 없는 것이 현실임을 또 한 번 실감했다.

무엇보다 자전거를 타고 제주도 곳곳을 즐기고 싶었는데 자전거 운반이 문제였다. 고급 자전거가 아니라 분리가 쉽지 않아 승용차에 실을 수가 없었다. 맘 같아서는 승용차 위에 척 올려 싣고 가고 싶었지만 그러려면 또 장착 장비 일체를 사야 한다.

며칠 궁리 끝에 가까운 택배 대리점에 가서 상의했다. 약간의 생채기를 감수한다면 자전거 돌출 부분을 포장해 택배가 가능하다고 했다. 내친김에 날짜에 맞춰 자전거 두 대와 부피 큰 이불, 일부 옷가지들까지 택배로 부쳤다. 하지만 남은 짐도 한 가득이라 승용차 트렁크와 뒷좌석에 차곡차곡 채워 넣어야 했다.

살던 집 역시 1년간 비워두어야 하니 정리해야 할 게 많았다. 어디 숨어 있다가 나왔는지 추억 서린 물건들도 발견하게 되어 정리하는 손길이 더뎌졌다. 놓지 못하고 쥐고 있었던 물건들을 많이 버렸다. 의도하지 않았지만 최소한의 물건만 가지고 가고 필요 없는 물건은 과감히 버린다는 마음가짐 덕분에 저절로 심플라이프가 조금은 실천되었다. 덜어내야 채워진다. 살던 대로 살다 보면 아무것도 변하지 않는다.

온라인으로 업체를 물색해 입주 전 청소를 의뢰하고 청소 결과를 사진으로 확인했다. 이제 이사 준비를 완료했다.

두 달이 순식간에 지나버렸다. 벌써 3월, 꽃이 만발하는 화사한 제주가 우리를 기다리고 있다.

2 제주로 이사하다

떠나기 전날, 가족들과 저녁 식사를 하고 일찍 잠자리에 들었다. 제주에서 살아보기를 하면서 뭔가 이뤄내겠다거나 마음 내려놓기를 싹 하겠다는 등의 거창한 계획은 없었다. 그냥 하루하루 행복하게, 평범하고 소소한 일에 만족하는 마음의 여유를 가질 수만 있다면 그게 최선이라고 마음 편하게 생각했다.

그런데도 막상 제주행이 다가오니 머리가 복잡한 듯 괜스레 깊은 잠을 이루지 못하고 뒤척이다 비몽사몽 새벽을 맞았다. 어렴풋한 새벽빛이 커튼 사이로 새어들어 왔다.

전라남도 고흥 녹동항에서 오전 9시 30분에 출발하는 여객선을 타야 한다. 이른 새벽부터 서둘러 짐이 가득한 차를 몰고 집을 나섰다. 3월 말이라 봄은 우리 곁에 와 있었지만 아직 새벽바람은 차가웠다. 기쁨과 설레는 마음으로 출발하니 쌀쌀한 아침 공기마저도 상쾌하게 느껴졌다.

피곤함도 모르고 2시간 이상을 달려 넉넉한 시간에 녹동항에 도착했다. 아침 끼니는 준비해 간 샌드위치로 때우고 항구 주위를 둘러보며 기다렸다. 평일이라 그리 붐비지는 않았다. 직장 생활을 하면서 출장도 잦았고 가족들과 많이 떨어져 살아보았기에 제주살이를 떠나는 마음은 별 걱정 없이 '초등학생 때 소풍 가는 기분' 정도로 들뜨기만 했다.

승선이 시작되었다. 아침 햇살은 그새 따스하게 변해 있었다. 승용차를 몰아 배로 진입했다. 잠시 후 뱃고동소리와 함께 배가 출항했다. 금세 녹동항을 빠져나와 바다를 달리는 여객선에서 육지를 바라보는데 비로소 약간의 두려움이 엄습해왔다. 뭔가 인생으로서도, 지리적으로도 하나의 선을 넘어서는 느낌이었다.

'에잇, 두려워하면 무엇하랴.'

멍하니 바다를 보며 바다 내음을 물씬 맡았다. 그렇게 풍광을 실컷 즐겼다.

제주항까지는 3시간 30여 분이 걸린다. 선실에 들어가 쉬다 배가 제주항에 정박할 때쯤 갑판 위로 나오니 가장 먼저 반기는 것

제주행의 희망을 안고 녹동항을 출발하다

이 제주의 바람이었다. 그동안 제주를 여행으로 다녀갈 때 맞았던 바람과는 조금 다른 느낌으로 와 닿았다.

순서를 기다려 자동차를 몰아 제주에 내려섰다. 막 앞바퀴가 제주 땅에 닿는 순간 다짐했다.

'제주에 머무는 동안 남 눈치 안 보고 행복하게 살다가 가자.'

감격은 감격이고 배고픔은 또 다른 문제였다.

가볍게 때운 아침밥이 부실했다고 배에서 격렬하게 신호를 보내왔다. 벌써 오후 1시가 넘어 점심때가 지나고 있었다. 시장기를 못 이겨 제주항 근처 식당에서 갈치조림으로 맛있게 식사하고 설레는 마음으로 표선 우리 집으로 출발했다.

가는 길에 멀리 보이는 바다는 검푸른 빛이었고 푸르른 하늘에 뭉실뭉실 떠 있는 구름은 한 폭의 그림을 연상케 했다. 어느새 약간의 푸르름을 머금은 한라산은 더욱 웅장하게 보였다.

새로운 곳에서의 생활이라 모든 것이 낯설고 조심스러웠다. 먼저 아파트 관리실에 전입을 알리고 제과점에서 산 케이크를 선물하면서 잘 봐달라고 부탁도 드렸다. 차에 싣고 온 짐들을 대충 정리하고 면소재지 마트에 시장을 보러 나가려는데 구좌에 사는 지인이 저녁을 해놓았다며 첫날부터 식사 초대를 했다.

저녁 초대에 가면서 차를 타고 먼저 표선면소재지를 중심으로 마트, 약국, 병원 등 중요시설을 대략 한 바퀴 둘러보았다. 그다음 그 유명한 해비치해수욕장을 거쳐 제주도 해안길을 따라 구좌로 쭉 달렸다. 오늘따라 제주 동부 해안의 바다색이 푸르다 못해 멀리 수평선 근처는 검은색으로 보였다. 관광객이 아닌 이주민으로 처음 대하는 제주의 자연에 단숨에 빠져버리고 말았다.

구좌에서 저녁을 먹으면서 여러 가지 제주 생활의 지혜를 얻고 어두워져서 일어섰는데 돌아오는 길이 초행길이라 참 멀게도 느껴졌다. 마트에 들러 내일 먹을 찬거리를 장만하고 조금 늦은 시간에 집에 도착하니 피로감이 엄습해왔다.

정리고 뭐고, 모든 일을 내일로 미루고 잠자리에 들었는데 세

위 출발할 때 배에서 바라본 하늘
아래 배를 타고 다가갈수록 제주가 실감난다

상모르고 숙면을 했다.

다음 날 아침, 눈을 뜨는데 지금껏 그 어디에서도 느껴보지 못했던 자유로운 기분이 들었다. 몸이 너무나 가벼웠다. 그렇게 희망찬 제주에서의 생활이 시작되었다.

3 북촌 너븐숭이에서 제주의 아픔을 보다

제주로 옮겨오고 일주일 동안, 나름대로 정신이 없었다. 짧은 여행이라면 번거로운 일일랑 한쪽 눈을 감고 있다 그대로 두고 훌쩍 떠나면 되지만 생활이 되면 다르다. 잔뜩 싣고 온 짐들과 구석구석에 쌓인 먼지들이 눈길과 손길을 사로잡는다.

먼저 싹싹싹 집 정리를 하고, 면사무소에 전입신고도 하고, 동네 맛있는 빵집과 커피집 등을 파악하느라 바빴다. 게다가 미세먼지까지 엄청 심통을 부리는 바람에 외출이 쉽지 않았다.

하지만 4월 1일인데 느껴지는 날씨는 초여름에 가깝고 지천으로 만발한 유채꽃이며 만물이 생동하는 봄이 자꾸 놀자고 꼬드긴다. 하루하루가 새롭고 호기심이 발동하여 가보고 싶은 곳이 많다. 마음의 여유를 위한 쉼이 있는 삶을 찾아왔으니 느긋해도 괜찮다고 달래보았지만 아직은 제주 주민이라는 생각보다 여행 온 기분을 떨칠 수가 없다. 빨리빨리 더 많은 곳을 둘러보고 싶은 조바심을 피할 수 없었다.

거의 일주일 만의 외출다운 외출에 우리는 들떠 있었다.

제주 주민으로서 첫 번째 여행지는 지인 찬스를 쓰기로 했다. 먼저 제주에 정착한 지인을 만나, 제주의 정체성을 가장 쉽게 알 수 있는 장소를 안내해달라고 부탁했다. 지인은 망설임 없이 목적지를 제시했다.

함덕해수욕장.

"해수욕장이라고?"

의아해하는 내게 지인이 설명을 한다. 목적지는 해수욕장이 아니고 그 끝쪽에 있는 바닷가 오름 서우봉과 그 너머 너븐숭이라고 했다. 일출과 일몰이 아름다워 제주 사람뿐 아니라 관광객에게 두루 인기 있는 바닷가 오름과 진작부터 가보고 싶었던 너븐숭이에 간다는 말에 정신이 번쩍 들었다.

유채꽃이 흐드러지게 피어 있는 서우봉 길 꽃밭에는 많은 관광객들이 행복한 모습으로 포즈를 취하면서 사진을 찍느라 정신이 없다. 올라갈 때 뒤로 보이는 잔잔한 바다의 색깔은 환상 그 자체였다.

백사장 한가운데 위치한 카페 자리가 자연 그대로의 조그만 섬으로 남았더라면 하는 바람은 나 혼자만의 아쉬움일까? 정상에 올라 주위를 둘러본다. 동쪽으로 검푸른 김녕 앞바다와 숲속에 군데군데 자리 잡은 집들이 너무나 평온해 보였다. 다시 고개를 살짝 남서쪽으로 돌리자 손에 잡힐 듯 가까운 한라산이 웅장하게 우뚝 솟아 있다.

서우봉에서 바라본 제주, 그 황홀함에 다시금 반했다. 진정한 제주, 그 이상의 제주에 취해 제주에 참 잘 왔다고 스스로를 칭찬도 해보았다.

며칠 만에 미세먼지도 없는 날이라 더욱 맑은 서우봉에 대한 감흥을 가슴과 머리에 간직하고 제주 방언으로 '약간 언덕진 넓은 옴팡밭'이라는 근처 너븐숭이로 향했다.

함덕해수욕장과 서우봉 너머 조용하고 아름다운 해변에 제주의 아픔을 고스란히 간직한 마을 조천읍 북촌리, 그 한켠의 조그마한 공원은 너븐숭이 4.3기념관과 위령탑을 품고 있다.

이곳을 제대로 보기 위해서는 '제주 4.3사건'을 알아야 한다. 네이버 지식백과에 따르면 '제주도에서 1948년 4월 발생한 소요 사태와 이후 생긴 무력 충돌, 그 진압 과정에서 많은 주민이 희생된 사건'이라고 한다. 우리나라 현대사의 크나큰 비극으로 수많은 제주 도민이 이 사건으로 목숨을 잃었다.

북촌초등학교 주변 밭은 당시 단일 사건에서 가장 많은 443명의 주민이 희생된 '북촌리 주민 대학살'이 발생한 곳이다. 기념관과 위령탑은 제주 도민이 당한 아픔의 역사를 기억하고 인권과 평화의 소중함을 4.3사건을 통해 바르게 인식하고 보듬기 위해 세워졌다.

지인이 〈순이 삼촌〉이라는 소설을 아느냐고 물으며 이곳은 4.3사건의 아픔을 세상에 알리는 그 소설의 배경이라는 설명을 했다.

4.3사건이라는 말조차 꺼내지 못하던 암울한 시절, 이곳 제주도 출신 현기영 작가는 이 사건을 세상에 알리는 소설을 1978년 〈창작과 비평〉 가을호에 용기 있게 발표했다. 이를 계기로 4.3사건이 좀 더 떳떳한 모습으로 세상에 나오기 시작했다고 다들 평가한다.

기념관 전시실에 들어서면 맨 처음 갓난아기가 죽은 엄마의 젖을 빠는 강요배 화백의 그림 〈젖먹이〉를 만난다. 순간 섬뜩한 마음에 멍해지더니 걸음이 멈추어졌다. 나도 모르게 눈시울이 축축해져왔다.

처음으로 4.3사건을 가슴으로 접하게 되었다. 북촌 너븐숭이는 학살과 강요된 침묵, 그리고 '울음마저 죄가 되던' 암울한 시대를 생생하게 되새김하는 현장이었다. 이제는 진실과 화해, 평화와 상생의 새 역사로 나아가려 노력하고 있지만 역사의 과오와

위 너븐숭이 4.3기념관
중간 학살당한 사람을 쓰러진 비로 형상화한 〈순이 삼촌〉 문학비
아래 보기만 해도 마음 아픈 애기무덤

상처 똑바로 바라보기를 게을리 해서는 안 된다.

4.3사건 당시 어른들의 시신은 대부분 수습하여 매장하였으나 어린아이의 시신은 조그만 언덕에 모아 임시 매장하여 현재까지도 발굴되지 않고 있다. 말만 들어도 가슴을 아리게 만드는 애기무덤, 누군가 무덤에 놓고 간 장난감들을 보는 내내 가슴이 먹먹했다.

예전에 옴팡밭이라고 불렸던 조그만 언덕 너머 구렁에서는 학살당한 사람들을 쓰러진 비석으로 형상화한 '순이 삼촌 문학비'가 강렬한 메시지로 당시 상황을 전하고 있었다.

멍한 마음으로 언덕 위로 올라가니 평화로운 마을과 검푸른 바다에서 물질하는 해녀들, 그 너머 다려도의 모습까지 선명하게 들어온다. 조용하고 평화로운 북촌리 마을의 모습에 오히려 숙연함을 느낀다. 희생당한 사람들의 넋을 달래기 위한 위령비를 앞에 두고 잠시 묵념을 했다. 왠지 위령비의 형태가 순이 삼촌 문학비와 어울리지 않게 어색하게만 느껴져 아쉬움이 남았다.

제주도에서는 4.3사건이 발생한 날이 가까워지자 여기저기 관련 현수막이 붙고, 방송 등에서도 4.3사건을 수시로 이야기했다. 피상적으로만 알았는데 제주에 와서 직접 보니 이곳에서 4.3사건이 차지하는 비중이 절대적이라는 사실을 느꼈다. 사건의 실체를 아는 것도 중요하지만 약 3만 명이나 되는 희생자들과 그 가족의 고통을 이해하는 것이 더더욱 중요함을 좀 더 인식하는 계기가 되었다. 올레길을 다녀보면 가는 곳마다 4.3사건 관련 유적지가 있는데 대표적인 기념관이 '4.3평화공원'이다.

제주 전체가 4.3사건 주간에는 왜 시끌벅적한 행사를 중단하는지 알았다. 제주 사람들에게 4.3사건은 가장 가슴 아픈 기억이었다. 희생자와 그 가족의 상처받은 마음을 치료하기 위한 노력들은 아직도 계속되고 있다. 무고한 주민들의 희생에는 좌우 이념의 차이를 떠나 모두가 아파해야 한다. 쉽게 치유될 수 없는 깊은 생채기를 가진 유족의 아픔을 달래드리고 화합할 수 있는 날이 빨리 왔으면 좋겠다. 조만간 4.3평화공원에도 가야겠다.

오늘 하루, 제주의 핵심가치인 아름다운 자연을 만끽하면서 그 소중함을 인식했다. 동시에 이념 갈등으로 인한 비극의 현장에서 제주가 간직한 아픔을 직접 느껴보는 보람되고 알찬 하루였다.

제주에 힘찬 발걸음을 내디딘 기분이다.

4 서귀포에서 이중섭을 만나다

어릴 때 우리 집에서 키우던 소 누렁이는 재산목록 1호이자 최고의 일꾼이며 한편으로는 소중한 가족이었다. 내게는 친구이기도 했다. 매일 학교 다녀와서는 누렁이가 먹을 풀을 베러 다니거나 누렁이를 몰고 동네 친구들과 뒷산으로 갔다. 누렁이는 풀을 마음껏 뜯어 먹으라고 풀어놓고 친구들과 어울려 놀다가 해가 뉘엿뉘엿 기울면 누렁이를 몰고 집으로 돌아왔다. 여름밤 마당에 누운 누렁이는 둥글고 커다란 눈을 선하게 깜박이며 평상에 앉은 우리 가족들에게 고마움과 친근감을 표시했다.

어린 시절 누렁이와 참 많은 시간을 함께했다. 영화 〈워낭 소

이중섭 작품 〈황소〉

리〉는 또 다른 우리 집 이야기였기에 남다른 감회를 느꼈다.

몇 년 전 지인들과 서울의 리움미술관에 갔다. 마침 2층 현대미술 전시관에서 '이중섭 화가 특별전'이 열리고 있었다. 이중섭 화가는 역동적인 소 그림으로 유명하다. 어릴 때 등에 타기도 하고 가족처럼 친밀하게 지냈던 소가 아니라 두 눈을 부릅뜨고 우리를 바라보는 또 다른 소의 그림을 본 순간 한동안 그 앞에서 자리를 뜨지 못할 정도로 많은 울림을 받았다.

이중섭의 〈황소〉는 단순히 우리 조상과 가까웠던 토속적인 모습이 아니라 일제강점기 아래 민족의 저항정신을 힘 있고 강렬하게 드러낸다고 설명되어 있었다. 내 어릴 적 기억 속 착하고 순한 우리 집 누렁이와 닮았지만, 또 다른 강인하고 생생한 존재감을 보여주었다.

평상시는 순하지만 나라를 위해 분연히 떨쳐 일어나는 한민족을 표상하는 것이리라.

리움미술관에서 보았던 소의 잔상이 깊이 남아 있어 일찌감치 서귀포 이중섭미술관으로 달려갔다. 어쩌면 이중섭 화가의 다른 그림들도 보고 싶어 빨리 찾아갔는지 모르겠다.

천재 예술가 이중섭은 1916년 평안남도에서 부농의 아들로 태어났다. 일본 도쿄로 미술 공부를 하러 가서 1945년에는 야마모토 마사코(한국명 이남덕)와 결혼했다. 고향 땅이 공산화가 되고 6.25전쟁까지 발발하자 부산으로 피난을 와 잠시 살다 1951년 1월 온 가족이 제주로 옮겨온다.

서귀포에서 마음씨 고운 집주인이 내어준 단칸방에서 네 가족이 피난민 배급과 밭에서 기른 채소나 바닷가에서 잡은 게로 끼니를 때우는 매우 궁핍한 생활을 했다. 결국 1951년 12월 다시 부산으로 옮겨갔고 아내와 두 아들은 일본 처가로 떠났다. 이중섭 혼자 부산에서 노동일을 하며 겨우겨우 연명해갔다. 그 와중

서귀포 앞바다가 내려다보이는 언덕에 자리 잡은 이중섭미술관

에도 가족을 만나겠다는 희망으로 돈을 모아 1953년 일본으로 건너가 일주일간 가족을 상봉하고 돌아오기도 했다.

이후 가족에 대한 그리움을 한시도 버리지 못하면서도 예술혼을 불태우며 부산, 통영, 서울 등지에 살면서 작품활동을 했고 전시회도 개최하였으나 다시 가족을 만나지는 못했다. 1956년 영양실조와 간염으로 서대문 적십자병원에서 사망, 망우리 공동묘지에 안장되었다.

이중섭 화가는 서귀포에서 아내, 두 아들과 함께 1년 정도 짧게 살았다. 비록 찢어지게 가난했지만 사랑하는 가족이 함께했기에 그의 생애 중 가장 행복한 시절이었으리라.

서귀포시는 이중섭 화가가 살았던 초가집을 복원하고 근처에 미술관을 만들었으며 자주 다녔던 길을 산책로와 공원으로 조성하여 '이중섭거리'로 명명했다. 그가 서귀포 외 여러 지역에서도 살았지만, 서귀포시가 발 빠르게 나서서 복합문화공간으로 스토리텔링하여 지방자치단체의 성공적인 행정이라고 찬사를 받았다. 현재 이중섭거리는 필수 관광코스로 알려져 많은 관광객이 찾는다. 이 사업은 죽어가는 구도심을 살리고 상권 회복에도 크게 기여하였다.

이중섭미술관은 이중섭거리 중간쯤, 가족과 살았던 단칸방 초가집 근처 바다가 내려다보이는 언덕에 자리 잡고 있다.

전시장에는 은박지 그림들이 많았는데 대부분 벌거벗은 어린애들이 그려졌다. 그 그림들이 외설적이라고 비판하는 글을 온라인에서 읽은 기억이 나는데 직접 보니 그 평가가 어이 없을 정도이다. 그저 두 아들과의 생활을 소재로 한 진솔한 그림들일 뿐이었다.

일제강점기와 6.25를 거치면서 경제적으로 어려워 스케치북이나 캔버스도 못 살 지경이었던 이중섭은 담뱃갑 속의 은박지에 못이나 연필로 그림을 그렸다. 그 그림들이 오늘날까지 전해져 많은 사람에게 감동을 전해준다. 일본에서 두 아들과 생활하는 아내 마사코와 주고받던 절절한 편지들 속에서도 아내와 자식을 향한 그리움과 사랑이 넘쳐났다.

이중섭 화가의 작품을 감상하고 나오면서 화가에게는 가족이 어쩌면 살아가는 이유이자 살아가야 할 힘이 되었는지도 모르겠다는 생각이 들었다. 가족을 만나기 위한 희망의 끈을 끝까지 놓지 않고 생활고를 겪으면서도 요절할 때까지 예술혼을 불태운 이중섭….

"그러면 나는? 그에 비해 너무도 많은 것을 가진 나는 무엇에 배가 고픈가?"

반문해보니 괜히 부끄러워진다.

미술관 언덕 아래, 이중섭 화가의 가족이 살았던 당시 모습대로 복원한 단칸방을 찾았다. 시간의 무게를 대변하는 듯한 색 바랜 벽지가 더욱 애틋함을 느끼게 한다. 창문도 없는 한 평 남짓 좁은 방, 그럼에도 함께했기에 어쩌면 당신의 인생에서 가장 행복한 시기를 보냈던 곳이 아닐까. 그렇기에 아이들을 주제로 한 작품이 많지 않았을까?

'이중섭공원'과 '작가의 산책길'도 둘러보았다. 오래된 고목 아래 꽃과 작은 나무들, 담쟁이 넝쿨이 잘 어우러진 고즈넉한 돌담길은 정겨움마저 더해준다.

이중섭 가족이 살았던 손바닥만 한 단칸방

서귀포 올레시장 방향으로 난 이중섭거리에서는 소소하고 아기자기한 공방과 크고 작은 카페, 식당 등이 방문객을 기다린다. 주말에는 아마추어 작가들이 작품을 판매하는 문화예술시장이 열린다고 하니 주말에 다시 방문하고 싶어졌다.

이중섭거리와 연결된 서귀포 매일 올레시장은 서귀포 최대 규모의 상설 재래시장으로 특히 먹거리 시장이 활성화되어 있다. 시장에는 중간중간 방문객이 앉아 쉴 수 있는 의자가 있어 구경하기가 훨씬 수월했다. 게다가 재래시장은 늘 활기차 사람 사는 정을 느끼기에 더없이 좋은 곳이다.

올레시장을 빠져나와 다시 이중섭 화가의 산책로를 따라 서귀포항까지 걸으니 마침 해 질 녘이라 서쪽 수평선 끝에서 붉게 물든 해가 바다 속으로 떨어지는 낙조를 볼 수 있었다. 수평선 아래로 해가 완전히 내려갈 때까지 지켜보았다. 마지막 붉은 기운마저 사라지니 주변이 순식간에 어두워진다.

거리 가로등마다 설치된 스피커에서 〈서귀포를 아시나요〉라는 노래가 계속 흘러나온다. 어둠이 찾아온 서귀포 해안을 조용하게 걷고 싶은 마음에 크게 들려오는 노랫소리가 그리 반갑지는 않았다.

서귀포 지역을 관광한다면 꼭 이중섭거리와 미술관을 가보라고 권하고 싶다. 그림을 좋아하는 분은 천재 화가의 수준 높은 작

품을 구경할 수 있다. 그림을 잘 몰라도 괜찮다. 미술관 해설사가 친절하고 상세한 설명으로 예술의 세계로 인도해 저절로 고개를 끄덕이며 감상하게 된다.

그리고 이중섭 화가가 살았던 당시의 암울한 시대적 아픔과 천재 화가의 비극적이고 고뇌에 찬 삶을 직접 눈으로 보고 감성으로 느낄 수 있다. 짧은 삶을 살다 간 이중섭 화가, 우리는 그에게서 예술이 가지는 힘도 충분히 느끼게 된다.

서둘러 제주 주민이 되고 싶은 마음에 과감하게 버스를 타고 갔다가 많이도 헤매고 고생했다. 차츰 익숙해지겠지….

이중섭 작가의 산책길

5 자전거로 섭지코지를 가다

벌써 열 번째의 아침을 맞는다. 창밖에는 완연한 봄 햇살이 따뜻한 기운을 내뿜고 있다. 일기예보에 오후부터 약간의 비가 예상된다고 하지만 도저히 믿기지 않을 정도로 맑은 날씨다.

이렇게 좋은 날, 따뜻한 봄 바다와 어우러진 동부 해안을 만끽하기 위해 자전거를 타고 섭지코지와 유민미술관에 가기로 했다. 제주에서 처음 자전거를 타는 거라 물과 간식을 충분히 준비해서 페달을 힘차게 밟으며 산뜻하게 출발했다.

표선에서 성산 일출봉까지 환상의 라이딩길은 올레 3코스와 많이 겹치는데 조그만 마을들이 이어지고 시원한 바다가 절정의

그림같이 아름다운 제주 동부해안

아름다움을 선사한다. 한가한 해안도로에서는 관광객들의 허 씨 차량과 올레길을 걷는 분들을 쉽게 만난다.

자전거로 달리면서 얼굴에 맞는 바닷바람은 조금은 무겁고, 아직은 다소 찬 느낌이다. 그냥 '좋다'라고만 표현하기에는 아쉬울 정도의 풍경에 감탄하며 바람과 함께 달렸다.

끝없이 펼쳐진 해안의 여유로움과 아름다움, 그리고 코끝에 와 닿는 바다 내음을 라이딩으로 만끽하니 그동안 무거웠던 마음과 욕심이 싹 날아가고 새로 태어나는 듯이 상쾌하다. 자동차로 달리면 미처 볼 수 없는 경치들이 자전거 위에서는 새로운 모습으로 눈에 들어왔다. 걸을 때 보였던 잔잔한 모습들이 생동감이 더해져 또 다른 경험으로 다가왔다.

'좁고 돌출되어 나온 지형'이란 뜻을 가진 섭지코지의 들머리 신양해수욕장을 거쳐 제주 동쪽 끝머리 언덕과 평지로 이뤄진 아름다운 해안 섭지코지에 도착했다.

섭지코지의 동쪽 해안은 주상절리와 기암절벽들이 아름다운 풍광을 자랑하고 봄에는 언덕 위 평지에 봄소식을 가득 안은 유채꽃들이 만발해 사람들을 유혹한다. 해안 기암괴석들은 국내외 관광객에게 많은 사랑을 받고 지질 연구 자료로도 활용되는 곳으로 유명하다. 푸른 바다에 둘러싸인 해안 절벽을 따라 난 산책길, 바람의 언덕으로 불리는 곳에 서 있는 하얀 등대, 멀리 바다에 떠 있는 느낌의 그림 같은 성산 일출봉이 바람과 어우러지며 최고의 아름다움을 뽐낸다.

자전거를 주차장에 세워두고 붐비는 관광객 틈에 끼어 산책길을 따라 천천히 오르는데 심한 바람으로 눈조차 뜰 수 없을 지경이다. 불어오는 바람에 파도들이 밀려와 해안가 기암절벽에 부서지면서 하얗게 포말을 일으킨다. 바람의 땅 제주가 실감 난다.

가슴을 열고 머리부터 발끝까지 온몸으로 바람을 맞으면서 의식적으로 '바람을 즐기자'는 마음으로 등대 전망대에서 한참 서 있었다. 몸을 날려 보낼 듯한 바람을 뒤로하고 천천히 언덕을 내려와 유민미술관으로 향했다.

좁고 돌출되어 나온 지형, 섭지코지 해안

'유민미술관'은 세계적인 건축가 일본인 안도 다다오가 제주의 자연을 대표하는 물, 바람, 빛, 소리를 주제로 설계한 건축물로 유명하다.

"제주의 자연환경에 순응하며 주변과 조화를 이루고 겸손한 형태로 미술관을 지하화하여 전시의 효과를 극대화할 수 있는 환경을 만들었다."

미술관 설명이 딱 맞다. 외부로의 노출은 최대한 줄이고 건물 속에 제주의 자연을 담았다고 한다. 있는 듯 없는 듯한 노출 콘크리트를 주변 자연으로 편입시켜 자연과 인간이 교감할 수 있는 건축 공간을 연출하였다. 특히 미술관은 제주의 자연과 하나되고 지하의 미술관에서 그 자연의 숨결을 충분히 느낄 수 있도록 설계되어 신기하다는 생각마저 들었다.

그곳에서 1894년부터 약 20여 년간 유럽 전역에서 일어났던 '새로운 예술'이라는 뜻의 공예·디자인 운동 '아르누보' 주요 작가들의 유리공예 작품을 관람했다.

밖으로 나오는데 뭔가 부조화스럽다는 느낌이 들었다. 내가 예술 지식이 부족해서일까? 아니면 예술작품을 관람하고 느끼는 감성이 부족해서일까? 살짝 의문이 생긴다.

전시 중인 공예품의 예술적 가치는 솔직히 잘 모르겠다. 그런데 제주를 주제로 자연친화적으로 만들었다는 미술관과 전시 중인 유리공예가 제주의 정체성에 맞는지 의문이 들었다.

근처 바닷가 최고의 경치를 자랑하는 곳에는 또 하나의 건물, '글라스하우스'가 우뚝 서 있다. 이 건물 역시 인근 대형 리조트와 함께 국내 굴지의 대기업 소유이며 안도 다다오가 설계했다. 바다와 인접한 언덕에 콘크리트 박스를 여러 개 얼기설기 포개놓은 형태의 2층 건물이다. 태양이 떠오를 때 해의 기운을 품는 모양새로 너른 평원, 해안 절벽과 조화를 이루도록 설계했다고 자랑한다.

화장실을 간다는 핑계로 글라스하우스 2층 고급 레스토랑에 슬쩍 올라가 봤더니 역시 확 트인 바다와 성산 일출봉의 경치는 많은 사람이 감탄할 만큼 아름다웠다.

그런데 모든 사람이 공유하여야 할 최고의 경관을 경제적인 논

섭지코지 한가운데 위치한 유민미술관과 글라스하우스 카페

리로 무한정 독점하는 것이 합당할까? 모두가 함께 즐겨야 할 아름다운 섭지코지의 경치가 리조트와 미술관, 카페로 인해 반토막이 나버렸다는 느낌은 괜한 질투일까?

아름답고 소중한 자연유산이 특정 기업이나 개인의 이익에 희생되는 엄청난 일이 더 이상 일어나지 않아야 한다. 이 귀중한 자연은 우리가 잠시 빌려 쓰고 후손들에게 온전히 물려주어야 한다. 자연이 더 이상 경제적인 논리로 훼손되지 않았으면 좋겠다.

아침에 집에서 일기예보를 무시하고 맑았던 날씨만 믿고 비에 대한 대비 없이 출발했는데 오후가 되니 약한 비가 시작되었다. 늦은 점심을 먹기 위해 보말칼국수 식당에 들어갔다. 식당에서 내리는 비를 걱정하는데 마침 식당 사장님께서 물으신다.

"우장 없수꽈?"

산책로 입구에 폐허로 방치된 드라마 촬영 세트장 올인 하우스

그렇다고 하니 고맙게도 일회용 우비를 내주셨다.

맛있게 점심을 먹고 주신 우비를 입고 즐거운 마음으로 길을 나섰다. 아름다운 동부 해안과 섭지코지의 경관을 마음껏 즐겼기에 가랑비를 헤치고 페달을 밟아 나아가기가 그리 힘들지는 않았다. 비는 맞았지만 완벽한 라이딩이었다. 제주살이가 아니면 쉽게 경험하기 어려운 즐거움이었기에 비록 몸은 조금 피곤했지만 모든 시름을 놓은 듯한 기분을 만끽한 하루였다.

여유롭게 제주 해안을 자전거로 달릴 욕심에 꾸역꾸역 자전거를 가져온 스스로를 다시금 칭찬했다.

6 제주의 도로망을 알고 즐기자

잠깐 봐도 예쁜데 오래 보면 얼마나 더 예쁠까? 잠깐 머물러도 즐거운데 오래 묵으면 또 얼마나 좋을까? 낯섦의 창 바깥 외부인이 아니라 친숙함의 창 안쪽 내부인의 삶은 어떤 이야기를 들려줄까?

진정한 제주 사람으로 살기 위해 호기심을 갖고 배운다는 자세로 하루하루 다양하게 제주를 익히고 있다. 며칠 전에는 집 앞까지 하루 8회 운행되는 마을버스를 타고 동네 투어도 했다. 물에 녹아드는 소금처럼 서서히 제주 생활에 녹아간다.

오늘은 제주를 좀 더 잘 알기 위해 지도책을 꺼내 들었다. 내가 있는 위치, 가고 싶은 곳의 장소를 하나하나 짚으며 방문 계획을 세워보았다. 제주를 좀 더 잘 알고 불편하지 않게 생활하기 위해서는 우선 제주의 지리를 익히는 것이 필요했다.

그래서 단순한 방법이지만 며칠에 걸쳐 승용차와 버스로 제주의 주요 도로를 다 달려보겠다는 계획을 세웠다.

제주도는 관광지라 인구나 경제 규모 등에 비해 상대적으로 도로망이 잘 조성되어 있다. 제주시와 서귀포시를 제외하고는 그렇게 복잡하지도 않고 시내권을 벗어나면 모든 도로는 한라산 자락의 숲들과 바다가 어우러져 있다. 완만하게 흐르듯 뻗은 도로를 달리다가 조금만 멀리, 옆을 쳐다보면 제주가 선물하는 아름다운 경치에 매료되어 달리는 내내 지겨움을 느낄 새가 없다.

주요 도로는 타원형 제주를 한 바퀴 도는 해안 일주도로와 북쪽 제주시와 남쪽 서귀포시를 연결하는 도로, 한라산 중턱 산허리를 가로지르는 중산간 일주도로이다.

제일 먼저 제주도 해안 마을들을 연결해 섬을 한 바퀴 도는 해안 일주도로를 달려보았다. 가장 오래되고 많이 이용하는 생활·경제·관광의 핵심 도로이다. 하지만 안전을 위한 교통 규제가 많아 때로는 당황스러울 수 있다. 그러나 여유를 갖고 달리면 내내 웅장한 한라산의 자태와 넓고 푸른 바다가 눈앞에 펼쳐져 황홀할 정도로 낭만적이다. 길을 가다 신호에 걸려 차가 잠시 정차했을

위 일주로에서 보는 바다
아래 일주로를 달릴 때도 한라산이 함께한다

때 주변으로 고개를 돌리면 아름다운 바다와 지척의 수려한 오름들이 수시로 유혹한다.

한라산이 반노를 보는 방향을 기준으로 동쪽에는 제주시와 표선면을 연결하는 번영로와 한라산 중산간을 거쳐 제주시에서 서귀포시를 연결하는 516도로가 있다.

번영로는 산업물동량이 많고 과속이 잦아 주의운전이 필요하다. 516도로는 5.16 때 건설되었다고 명명된 도로로 제주 도심을 출발하여 제주대학교를 지나 한라산 중턱으로 접어드는 순간 구불구불한 터널 형태의 숲길을 만날 수 있다. 길옆 나무에서 파릇파릇 돋아나는 새싹들이 햇살을 받아 일렁이는 빛의 아름다움을 선사하는데 마치 제주에 잘 왔다고 환영식을 열어주는 느낌이다.

아름드리나무들에 잎이 무성한 여름에는 창문을 열고 달리면서 한라산의 청량하고 싱그러운 바람을 맞으면 낭만적이겠다는 생각에 은근히 여름이 기다려졌다.

한라산 서쪽으로는 한라산 중턱을 지나는 1100도로와, 제주시와 제주 남단을 연결하는 평화로가 있다. 제주시와 서귀포시를 연결하는 한라산 해발 1100고지를 지나는 도로는 한라산 허리를 가로지르기에 숲이 우거지고 굽고 가파른 곳이 많아 몇십 년 무사고인 나도 운전하기가 어려웠다. 겨울에 눈이 오면 통행하기가 쉽지 않아 보였다. 도로의 가장 높은 지점의 숲속 산책로와 휴게소에는 평일인데도 관광객들이 붐볐다.

그리고 제주시에서 제주 남쪽 넓은 대정들녘을 향해 시원하게 뻗은 평화로는 약간 높은 지대에 위치한다. 오른쪽으로 멀리 애월과 비양도의 앞바다를 바라보며 달릴 수 있고 오후에 이 도로를 달리면 서쪽 바닷속으로 떨어지는 붉은 해를 감상할 수 있다. 경마장을 지나 모슬포항 쪽으로 쭉 뻗은 내리막길을 달릴 때는 주변에 차량이 적어 순간적으로 운전하는 내가 새가 되어 나는 기분도 느낄 수 있었다.

제주에서 개인적으로 가장 좋아하는 도로는 구좌읍에서 516도로를 연결하는 비자림로이다. 대천교차로에서 송당 방향으로 양옆에 늘어선 삼나무 숲길을 달리면 멀리까지 쭉 뻗은 도로가 한 장의 사진으로 느껴질 만큼 황홀하다. 비록 도로 확장을 위해 삼나무를 베어내다 환경보호를 위한 반대로 공사가 중단되어 흉물로 방치되어 있지만 일부 구간은 아직도 그 아름다움을 간직하고 있다.

교래에서 516도로까지는 한쪽은 사려니숲길, 한쪽은 절물자연휴양림의 아름다운 삼나무 군락지 숲길로 보는 사람 누구든 반하지 않을 수 없는 환상적인 길이다. 제주시로 나갈 때 둘러 가는 수고로움을 감수하고 자주 이용한다.

제주의 도로들은 육지에 비해 전반적으로 제한속도가 낮아 참 많이 답답함을 느낄 것이다. 해안 일주로는 직선으로 쫙 뚫려 있는 곳도 70km, 60km, 50km, 어떤 곳은 무려 30km까지 수시로 제한속도가 변경된다. 조급한 마음에 과속해도 결국 소요되는 시간은 별반 차이 없이 꼭 필요한 시간을 들여야 도착한다는 진리

외국 같은 분위기의 서귀포 간선도로

를 알게 될 것이다. 그리고 제주의 도로에는 렌터카가 많다. 렌터카 운전자는 지리에 익숙하지 않은 여행객이 많으므로 특히 방어 운전이 요구된다.

삶의 속도를 한 템포 늦추겠다는 마음으로 제주 생활을 시작했기에 승용차로 편도 2차선 도로를 달릴 때는 속도가 느린 2차선을 선호하고 1차선 도로에서는 수시로 갓길로 나가 뒷차에 양보하며 제주의 아름다움을 만끽하는 데 익숙해졌다. 또 시내버스를 탈 때는 창가에 앉아 매번 창밖의 풍경에 풍덩 빠지고 만다. 푸른 바다, 아름다운 포구, 길가에 늘어선 나무, 멀리 보이는 수평선, 보는 위치에 따라 다른 영롱한 한라산, 모든 것이 명품이다.

느긋한 마음으로 버스도 자주 이용한다. 대중 교통망이 잘 갖춰져 쉽고 편리하다. 가끔 한적한 곳에서 버스를 기다리면서 구경하는 마을 풍경은 여유로움과 넉넉함을 덤으로 선사한다.

제주 도로망 지도

7 제주의 탄생 흔적을 찾아 나서다

아침부터 비가 내린다. 봄날의 비를 맞은 식물들은 생명력이 넘쳐 보인다. 봄비는 우리에게도 뭐 그리 바쁘게 사느냐고 잠시 쉬어 가라고 넌지시 말을 건넨다. 제주에 와서 며칠 동안 가고 싶어 했던 곳을 둘러보느라 쉴 틈이 없었는데 마침 알맞은 쉼표 하나가 주어진 듯했다.

아내와 함께 향기로운 커피를 내려 마시며 대화를 나눴다.

“제주 토박이라면 다 아는, 꼭 가봐야 하는 곳이 어딜까?”

“제주도 전설과 관련된 곳 어때요? 제주도에는 탄생 설화와 신화가 아직 많이 남아 있고 다들 잘 알고 있잖아요.”

아내의 말에 무릎을 쳤다.

"제주 도민으로서 제주 탄생 신화의 유적지를 먼저 찾아가 인사드리는 것이 예의가 아닐까?"

그래서 삼성혈과 연혼포, 혼인지를 다녀올 계획을 짰다.

태초에 한라산이 신령한 기운으로 북쪽 '모흥'에서 삼신인(고을나, 양을나, 부을나)을 탄생시켰다. 땅속에서 나온 세 신인은 한라산에서 수렵을 하며 살았다. 그러던 어느 날 동쪽 바다 멀리서 커다란 자주색 목함이 파도에 실려 제주도로 가까이 다가오는 것이 보였다. 목함이 온평리 바닷가에 다다르자 삼신인이 건져 열어 보았더니 그 안에는 세 명의 공주와 함께 벽랑국에서 보내온 소, 말과 오곡의 종자가 있었다. 삼신인은 온평항 인근 연못에서 목욕하고 바다를 건너온 세 공주와 혼례를 치렀다.

이렇게 세 분의 신인이 땅속에서 나온 곳이 삼성혈(三姓穴)이며, 벽랑국 공주를 태운 목함이 도착한 곳이 온평항 연혼포(延婚浦), 삼신인이 목욕하고 혼례를 올린 후 신방을 차린 곳이 혼인지(婚姻池)이다. 현재 세 곳은 관광지로 잘 가꾸어져 있다.

다음 날 바로 계획을 실행에 옮겼다.

삼성혈은 제주 공항과 가까운 시내에 위치하는데 송림이 우거진 숲 한가운데에 커다란 구멍 3개가 수 미터 간격으로 품(品)자형을 이루고 있다. 주위에 탐라국을 세운 고을나, 양을나, 부을나의 삼을나(三乙那) 위패가 모셔진 삼성사와 현판, 고문헌, 제기 등

삼신인이 나온 삼성혈

을 보관하는 전시관 등이 있다.

안으로 들어가니 아름드리 고목의 시원한 나무 그늘 아래 산책로가 잘 정비되어 있어 더할 나위 없는 도심 속 힐링 장소였다. 삼신께서 나온 세 곳의 혈자리는 비나 눈이 아무리 많이 와도 물이 고이지 않는다고 한다. 전망대에 올라가 혈자리를 내려다보니 신들이 나온 자리라는 말 때문인지 뭔지 모를 신비감이 느껴졌다.

전시관에서는 애니메이션으로 제작한 삼성혈 신화 이야기를 방문객들에게 보여준다. 어린이들뿐만 아니라 어른도 재미있게 제주 신화를 접할 수 있게 만든 유익한 콘텐츠이다.

온평리 해안에는 '연혼포'라고 한자로 새긴 바윗돌이 있다. 혼

인을 이끈 바닷가라는 의미인 듯하다. 관광객은 연혼포에 왔다가 표지판 하나 없이 달랑 바윗돌만 서 있는 것을 보고 실망하여 돌아가기 일쑤이다. 근처 온평항에 조성된 '용천수공원쉼터'에 연혼포 설화 내용을 표현한 화강암 기념물이 만들어져 있어 제주의 탄생 설화를 이해하는 데 도움이 되고 의미 깊은 포토존이 되어 준다. '이거라도 있어 그나마 다행이다' 싶었다.

온평항이 올레 3코스 출발점이라 올레길 탐방자가 많지만 애써 연혼포를 찾는 이들은 적다. 아마도 찾아보았자 볼 것이 별로 없어서일 수도 있다. 요란법석, 시끌벅적 치장해놓을 필요는 없지만 덴마크 코펜하겐의 인어공주 상처럼 조그마한 상징물 정도

덩그러니 놓인 연혼포 바윗돌

는 있어도 되지 않을까 아쉬워한다.

연혼포와 온평항을 둘러보고 가까이에 있는 혼인지로 갔다. 근처에는 혼례 후 첫날밤을 보내는 신방으로 삼았다는 전설이 전해지는 삼방굴도 있다. 다양한 수목으로 깨끗하게 조성된 혼인지 공원은 지친 마음을 내려놓고 호젓하게 산책하며 쉬어 가기에 알맞다. 연못에 비친 잘 자란 고목들의 모습이 맑은 하늘빛과 어우러져 또 다른 아름다움을 선사했다.

우리가 방문했을 때는 관람객이 거의 없었다.

"신이 살던 곳이라 이렇게 고요한가?"

내 말에 아내가 또 말도 안 되는 소리를 한다는 눈빛을 보내며 그저 웃기만 한다.

너무 적막해서 좀 아쉬워하던 참인데 그곳에서 근무하는 분 역시 심심했는지 친절하게 말을 걸어주었다.

"어디서 오셨수꽈?"

그러면서 혼인지에 대해 맛깔나게 설명해주셨다. 낭만적인 전설을 품은 혼인지는 봄에는 벚꽃과 수국, 여름에는 연꽃과 유홍초, 가을에는 국화 그리고 겨울에는 먼나무의 빨간 열매가 꽃처럼 보여 철 따라 알록달록하게 치장하고 방문객들을 기다린다고 하신다. 특히 수국이 피는 유월과 칠월이 가장 아름답고 여름에는 나무 그늘이 좋으니, 꼭 다시 오라고 신신당부를 하신다.

혼인지를 둘러보고 나오는데 온평리 마을에 빽빽하게 걸린 제2공항 건설을 반대하는 현수막이 우리의 눈길을 사로잡는다. 공항 건설 찬성과 반대로 마을 주민의 의견이 나누어져 마을 전체가 벌집을 쑤셔놓은 듯하다는 말을 들었기에 마음이 불편했다.

제주는 제2공항 건설 문제로 몇 년째 주민과 정부, 주민 서로간에 첨예한 갈등이 계속되고 있다. 제2공항 건설이 과연 필요할까?

"인간이 자신의 욕심을 희생해서 자연을 보호하는 것이 아

신들이 목욕한 혼인지

니다. 자연에게 좋은 것이 결국 인간에게도 좋은 것이다."

일본 작가 야마오 산세이의 이야기에 귀 기울이고 싶어진다.

저녁에 잠자리에 들었는데 온평리에서 나부끼던 제2공항 반대 현수막들이 자꾸 떠오른다. 꼭 그렇게 해야만 할까? 아주 오래전 감명 깊게 읽은《오래된 미래》라는 책이 떠오른다.

"서구화는 오히려 라다크를 더욱 낙후된 사회로 만든다. 참된 길은 인간이 욕심을 적게 부려 그냥 그대로 두는 것이다."

저자의 말이 큰 울림으로 다가온다.

발전을 무턱대고 나쁘다거나 또는 좋다고 말할 수 없다. 또 기존의 것을 파헤치고 새로운 것의 건설만이 발전은 아니다. 옛것을 지켜나가는 것이 진정한 진보의 길이자 발전일 수 있다.

한 번 파괴된 것은 되돌리기 힘들다. 지금도 전쟁이나 개발이라는 미명 아래 아름다운 자연이 파괴되는 뉴스를 보면 가슴이 아픈 것을 넘어 쓰라린다. 제주도가 옛것을 지키면서 발전하기를 간절히 기대해본다.

직장 생활하면서 가졌던 고정관념은 절대 변하지 않는다고 여겼으나 퇴직 이후 제주 생활을 하면서 내 생각들이 서서히 변한다는 사실을 깨닫고 스스로도 가끔 놀란다. 새로운 변화를 받아들이는 것일까? 아니면 현실과의 타협일까? 그동안 가지지 못했던 여유로움 속에서 절대적인 참 가치를 알아가면서 정체성을 새롭게 정립해가는 나 자신이 때로는 대견하다는 생각이 든다.

8 가파도에 반하다

손님이 찾아온다.

손님치레는 즐거우면서도 일상이 흐트러지기에 힘든 일이다. 하지만 제주도에서 나를 찾는 삶만 살겠다고 결심하지는 않았고 오히려 함께 즐거운 시간을 보내고 싶어 찾아오는 지인이 많았기에 기쁜 마음이 앞선다.

집 근처 리조트에 짐을 부린 지인과 그동안 아껴두었던 가파도를 찾아갔다. 아침에 서둘러 출발하여 조금 일찍 모슬포 운진항에 도착했다. 평일이라 별 어려움 없이 승선권을 살 수 있었다.

제주도의 부속 섬 중에서 바람의 섬, 섬 속의 섬으로 불리는 가파도는 운진항에서 배로 10분이면 닿는 거리이다. 섬 전체가 낮은 평지로 우리나라에서 가장 키가 작은 섬(해발 20.5m)이 우리나라에서 가장 높은 한라산과 마주하고 있다. 운진항이나 송악산에서 바라보면 섬은 수평선과 거의 맞닿아 있는 듯하다. 파도치는 날에는 높은 파도에 가려 보이지도 않을 높이다. 파도에 섬이 휩쓸려 떠내려가지는 않을까 걱정이 될 지경이다.

옛날에는 '더우섬'이라 했는데 이는 파도가 더해진다는 의미의 '더누섬'이 바뀐 것이다. 한자 역시 파도가 더해진다는 의미인 개파도(蓋波島)라 표기했다가 훗날 가파도(加坡島)가 되었다.

가파도에서 제주 본섬을 바라보는 비경과 4월이면 섬 전체가 푸른 보리밭으로 변하는 낭만적인 모습이 사람들을 가파도로 유인한다. 야트막한 섬의 곳곳에서 펼쳐지는 청보리의 초록 물결이 끝도 없이 이어져 보는 이의 눈과 마음을 시원하게 해준다.

가파도의 청보리는 6월에는 순식간에 황금 물결로 옷을 갈아입어 사람들에게 넉넉한 포근함을 선사한다. 그 보리밭 사이로 난 황톳길이 아름다워 걷거나 자전거 여행하기 좋은 섬이다.

배에서는 가수 최백호의 노래가 크게 흘러나온다.

> 가파도 가봤어? (못 가봤어)
> 청보리밭 보았어? (못 가봤다니까)
> 청보리밭에 누워 눈을 감으면

어린 시절 떠올라 눈물이 나지….

"전설의 가수 최백호의 노래 중에 저렇게 유치한 게 있었어?"

처음 듣는 순간 이렇게 말할 만큼 단순한 리듬의 노래였다. 그런데 두어 번 듣고 나니 나도 모르게 노래 장단에 맞춰 고개를 가볍게 흔들고 흥얼거리며 따라 부르고 있었다. 가파도를 그림 그리듯 실감나게 표현하고 따라 부르기도 쉬운 멜로디여서 순식간에 그 노래에 중독되었다.

배에서 내려 해안길을 따라 걸었다. 가파도의 보리밭 건너 송악산이 먼저 보이고 그 너머에 솟은 산방산, 그 뒤에 웅장한 한라산이 한눈에 들어왔다. 바다에서 불어오는 바람을 온몸으로 맞으며 나도 모르게 황홀감에 빠져 탄성을 질렀다.

"와!"

멀리까지 보이는 보리밭 지평선이 바다의 수평선과 맞닿았다. 넘실대는 푸른 보리밭과 바다는 그대로 한 폭의 수채화였다. 보리밭 사잇길로 들어서니 바람에 일렁이는 보리들이 '사르르 사르르' 내는 소리가 감성을 더욱 극대화시킨다.

남쪽으로는 보리밭 사이의 마을과 손에 잡힐 듯 가까운 마라도가 눈에 담긴다. 마을의 작고 아담한 학교와 옹기종기 모인 집들은 보리밭에 녹아든 느낌이었다. 보리밭 사이를 걷다가 일행과 떨어져 한적한 곳에 자리 잡고 그냥 아무것도 하지 않고 잠시 멍

위 가파도행 여객선, 모슬포 운진항에서 배로 10분이면 가파도이다
아래 가파도 지킴이 보리밭. 가파도의 난개발을 막아준다

때리며 있는데 금방 마음이 평화로움으로 가득 채워진다.

섬 한가운데 만들어놓은 소망전망대에 올랐다. 섬 전체, 눈 가는 곳이 다 파도치는 청보리 바다이다.

지대가 낮아 섬 전체가 한눈에 보이기에 걷는 동안 방향이나 이정표에 신경 쓰지 않아도 된다. 매순간의 느낌을 마음에 담아가며 발걸음이 가는 대로 걸으면 몸과 마음이 정화된다.

추억은 사진이 아니라 가슴에 저장하는 것이다. 가파도 청보리밭으로 추억 저장량이 훌쩍 늘었다.

나오는 배편이 정해져 있기에 2시간밖에 머물 수 없어 아쉬웠다. 현대식 건물로 지어진 여객선 터미널에서 배를 기다리는데 순간 잘 보이지 않는 벽에 그려진 참신한 가파도 터미널 로고를 마주했다. 첫눈에 반해버렸다. 단순하게 두 가닥 선으로 성의 없이 낙서하듯 그린 것처럼 보였으나 가파도를 가장 간명하고 정확하게 표현하고 있었다. 나지막한 섬과 바다, 그리고 그 섬에 정박하는 배의 모습을 다 잡아낸 로고가 매우 신선했다.

가파도는 2012년부터 진행된 프로젝트를 통해 지속 가능한 가파도만의 핵심가치를 지키며 오늘의 가파도를 만들어냈다. 먹기 위해 심었던 보리가 2009년부터 축제의 주인공으로 재탄생해 많은 관광객의 사랑을 받고 있다. 청보리는 가파도의 난개발을 막고 본래 모습을 유지시켜주는 소중한 지킴이다. 청보리가

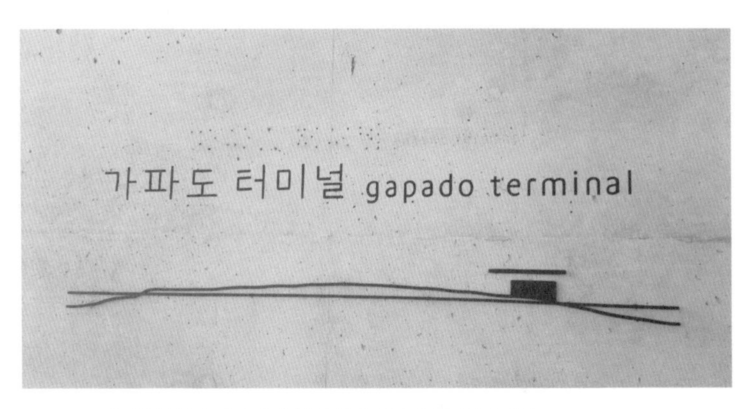

나지막한 섬과 바다, 특성을 잘 잡아낸 가파도 터미널 로고

있으니 가파도는 더 이상 훼손되지 않고 보존될 것이다.

한적한 계절에 가파도를 다시 찾아 오솔길들을 걸으며 멀리 송악산, 더 멀리 한라산을 바라보면서 거침없이 불어오는 바람과 함께 조용히 사색을 즐겨야겠다.

청보리 하나만으로도 가파도를 방문해야 할 이유가 충분하므로 제주도 여행을 한다면 청보리밭 사이로 이어진 오솔길을 걸어보라고 누구에게라도 권하고 싶다.

9 우여곡절을 겪고 육지를 다녀오다

제주에서 육지를 오가는 항공기 요금은 성수기와 주말은 할인이 거의 없지만 화, 수, 목요일은 비교적 저렴하다. 특히 육지에서 제주행은 저녁 시간, 제주에서 육지행은 오전 이른 시간의 항공료가 항공사에 미안할 정도로 싸다.

한 달 만에 육지를 방문하게 되었다. 가능하면 육지 방문을 자제할 생각이었으나 나도 일반 범부이기에 인간사에서 벗어날 수가 없다. 집안의 크고 작은 일들에다 갑작스레 주변과 단절하는 것도 어려워 생각보다 자주 육지를 방문할 것 같다.

요금이 싼 항공기를 타려고 이른 아침 집을 나섰다. 짙은 안개가 사방에서 몰려들고 있었다. 넉넉한 시간에 공항에 도착했지만 이미 안개가 온통 주위를 감싸버려 시계(視界)가 나오지 않으니 연속적으로 전광판이 항공기 출발 지연을 알린다.

발 디딜 틈이 없을 정도로 붐비는 대기장에서 겨우 자리를 찾아 기다리는데 우리가 탑승할 항공기가 50분 지연이라더니 이내 장장 3시간 20분 늦춰진단다. 다소 황당했지만 '날씨가 방해하는 걸 어쩌겠나?'라고 받아들이고 느긋하게 마음먹기로 했다.

탑승 대기장에서 3시간 이상을 기다리기는 무리라고 생각하고 검색대로 가서 직원에게 밖으로 나갈 수 있는지 문의했다. 선뜻 다녀오라고 문을 열어준다. 시간이 엇갈려 못 본다고 아쉬워했던 친구 민호와 그 일행들은 운 좋게 도착하였기에 1층 도착장에서 만나 차 한 잔이라도 나눌 수 있었다.

민호와 헤어지고 버스를 타고 며칠 전에도 방문했던 동문시장 구경에 나섰다. 오전 10시 조금 넘어서라 시장은 한산했지만 모든 가게가 이미 문을 활짝 열고 손님들을 기다리고 있었다. 생선가게에서는 사람 키만 한 갈치가 눈길을 사로잡았다. 싱싱한 생선이 다양해 구경하는 재미가 쏠쏠했다. 그냥 발길을 돌리기가 미안해 옥돔 한 무더기를 사서 집으로 택배를 부치고 식당 골목으로 갔다.

아침을 부실하게 먹어서 그런지 시장기가 몰려와 동문시장에서 유명하다는 순댓국 가게를 찾아 들어갔다. 배를 든든하게 재무장하고 다시 시장 구경에 나섰다. 옷가게에 들러서는 여름 등

오전이라 한산한 동문시장

산 장갑을 사고 과일가게에서는 생과일주스까지 하나 사 들고 공항으로 향했다.

다행히 복잡했던 공항 상황은 어느 정도 정리되어 있었다. 많이 늦었지만 무사히 부산행 비행기를 탔다. 일정이 바빴던 사람들에게는 미안한 얘기지만 안개 덕분에 보고 싶었던 친구도 만나고 시장 구경도 잘하고 아침 겸 점심도 맛있게 먹었기에 그리 기분이 나쁘지는 않았다.

항공기 출발이 많이 지연되었는데도 전혀 동요하지 않고 느긋하게 기다리던 나 스스로가 신기했다. 어디서 그런 여유가 나왔을까? 시간에 민감한 내 성격을 잘 알던 아내도 신기해한다.

어렵게 탑승한 비행기는 옅은 구름을 뚫고 하늘 위로 올라갔다. 세속의 어지러운 상황일랑 나 몰라라 솜털 같은 구름 위로는 별천지 같은 경치가 펼쳐져 있었다. 궂은 날씨로 온종일 들뜨고 요동치던 마음을 위로하는 것 같았다.

비행기를 타면 어린애처럼 늘 창가 좌석을 선호하고 창밖 구경을 즐겨하는 나를 아내가 자주 놀린다.

"꼭 비행기 처음 타보는 촌사람 같다니까."

그래도 매번 비행기를 탈 때면 마음이 설레고 비행기에서 보는 경치에 매료되어 그 아름다움을 아낌없이 만끽하겠다며 창에서 눈을 떼지 않는다.

맑은 날은 바다에 점점이 떠 있는 배들이 만들어내는 하얀 물보라와 멀리 보이는 섬들의 모습에 사로잡힌다. 구름이 엷게 낀 날, 안개 같은 구름을 머금은 하늘과 바다가 하나되는 광경은 가히 환상을 넘어 신비로울 따름이다. 비가 내리는 날은 어떤가? 비행기가 비구름을 뚫고 올라가면 맑은 햇살이 모습을 드러낸다. 비구름은 두꺼운 양탄자를 깔아놓은 듯 발아래에 모여 있다.

비행기가 제주도로 접근할 때 제주 서쪽 신창 풍차마을 해변과 비양도, 협재, 애월의 모습은 목가적이고 동부는 조천, 구좌 해안이 까만 밭담과 어울려 흑룡만리(黑龍萬里)로 불리는 이유를 충분히 알 수 있다. 남해를 지날 때는 점점이 이어진 국도, 욕지도, 연화도, 매물도, 비진도, 지심도, 외도가 그림같이 다가온다. 언제

위 비행기에서 보는 제주
아래 비행기에서 보는 하늘, 구름이 내 아래에 있다

봐도 마음이 설레는 풍경이다.

제주에서 육지 집까지 참 많은 시간이 걸려 도착했다. 저녁 TV 뉴스에서 오늘 하루 혼잡했던 제주 공항의 소식을 전하면서 제2공항 문제를 거론했다. 공항이 혼잡해서 비행기 타기가 힘들었지만 나는 제2공항 건설에 선뜻 동의하기 어렵다.

사람들이 왜 제주로 몰릴까? 아름다운 자연에서 힐링하기 위해서다. 그런데 아름다운 자연을 찾아가는 길이 조금 불편하다고 자연을 훼손해서 새로운 공항을 만들려고 한다. 자연의 일부인 이기적인 인간들이 스스로의 편리성을 위해 발전이니 개발이니 하는 명분으로 자연을 파괴하고 자연과 멀어지는 일에 몰두하고 있다.

제주도는 넘쳐나는 관광객이 버리는 쓰레기의 처리 시설이 모자라 해외로 쓰레기 반출을 시도하다 적발되어 세계적인 망신을 샀다. 그런데도 더 많은 관광객을 더 편하게 받겠다고 건물을 세우고 길을 넓히고 있다. 여기저기 공사를 하느라 땅은 온통 파헤쳐져 있고 지하수는 고갈되어간다. 심지어 하수 처리 시설이 부족하여 미처리 오염물을 바다에 마구 버려 바다 생명체까지 몸살을 앓고 있다. 이렇게 아름다운 제주도의 숲과 바다 생태계가 위협을 받고 있다는 뉴스를 자주 접한다.

지금과 같이 관광 인프라 구축을 위한 난개발이 지속되면 향후 제주는 어떤 모습으로 바뀔까? 제2공항이 건설되어 지금보다 더 많은 관광객이 제주를 찾고, 제주 청년들이 대형 호텔이나 리조트, 면세점, 카지노, 대형 프랜차이즈 음식점에 취업해 생계를 이어가는 것이 제주 도민들이 진정으로 바라는 미래일까? 언제까지 안이 아닌 밖을 바라보고 하는 개발이 계속되어야 할까?

아랫돌 빼서 윗돌 괼 수 없고 모래 위에 성을 쌓을 수는 없다. 늘어나는 관광객을 수용하기 위해 제2공항이 필요하다는 논리가 일견 타당하다고 생각할 수 있으나 중요한 것은 때 묻지 않은 제주만의 청정 자연이다. 진정 제주도가 놀이동산이 되기를 바라는가? 제주의 핵심가치인 자연은 지속 가능한 자원으로 잘 보존되어야 한다. 무분별한 관광객 유치라는 근시안적인 시각의 난개발로 아름다운 제주를 망치는 일은 제주의 미래를 망치는 일이다.

제주도는 지금의 관광객 수도 온전히 감당하기 벅찬 실정이다. 더 이상의 관광객 수 확대보다는 내실화를 추구하는 방향으로의 과감한 정책 변화가 필요하다.

철 지난 개발 중심주의와 성장 일변도의 논리에서 벗어나 양적 팽창 대신 질적 성장을 위한 고민이 필요한 때이다. 관광객들이 편안한 마음으로 진정한 힐링을 즐길 소프트웨어 개발도 필요하다고 생각한다.

우리 모두가 불편을 조금씩 감수하여 아름다운 제주의 자연이 지켜진다면 기꺼이 동참해야 하지 않을까?

10 우도는 건재할까?

지난 1월 사전 답사차 제주에 왔을 때 범린네랑 우도를 여행했다. 그때 난생처음 우도 땅을 밟았지만 일정이 빡빡해 렌터카로 해안길을 따라 섬을 한 바퀴 둘러보고는 시간에 쫓겨 나와야 했다.

이제 제주에 대해 어느 정도 자신감이 생겼기에 관광객이 아닌 지역민 같은 기분으로 천천히 생활하는 여유가 생길 즈음 문득 다시금 우도에 가봐야겠다는 생각이 떠올랐다. 우도에도 보리가 무성하게 자랐겠지? 보리밭을 등지고 청량한 쪽빛 바닷가를 천천히 걸어 다니면서 온몸으로 우도를 즐겨보면 어떨까?

신나게 물과 간식을 챙겨 길을 나섰다. 5월 중순이지만 이미 날

바다에서 바라본 우도

씨는 초여름이었다. 찬란한 봄의 정취를 즐기려는 관광객이 제주에 넘쳐나고 있다.

성산항을 출발한 여객선이 우도 천진항에 도착하니 호객하는 상인들이 한꺼번에 몰려나왔다. 스쿠터, 삼륜차, 전기차를 빌리라는 호객 행위로 정신이 혼미할 정도였다. 서둘러 천진항을 벗어나니 왼쪽으로는 멀리 한라산, 오른쪽으로는 넓게 펼쳐진 보리밭을 감상할 수 있는 올레길이 우리를 기다렸다.

설레는 마음으로 올레길을 출발했다. 얼마 가지 않았는데 아주

우도에 넘쳐나는 스쿠터

앳되어 보이는 여성이 탄 스쿠터가 갑자기 우리 쪽으로 달려들었다. 조금 멀리서부터 불안하게 달려오는 모습을 보고 있던 터라 간신히 안전하게 피할 수 있었다. 스쿠터를 탄 사람도 당황했는지 미안하다는 말도 하지 않고 휑 하니 가버렸다.

순간 화가 났지만 참기로 하고 놀란 마음을 겨우 진정시켰다.

우도의 올레길에서는 아무 곳에서나 불쑥불쑥 튀어나오는 스쿠터나 삼륜차를 조심해야 한다. 해안길은 물론이고 돌담을 따라 걷는 길에서도 소음을 내뿜으며 휘젓고 다닌다. 관광객들을 위해 편리한 교통수단이 있는 건 좋지만 탈것이 섬 전체에 너무 많이 돌아다니니 호젓한 마음으로 느리게 올레길을 즐기는 데 방해가 된다. 이 또한 빠르게 관광지화되어 정체성이 무너지는 과정이라 생각하니 안타까웠다.

하우목동항을 막 지나는데 지역민으로 보이는 두 분이 큰 소리로 싸우고 계셨다. 내용을 들어보니 식당에서 내보내는 하수가 역류해서 길가에 흘러 냄새가 심하니 빨리 조치하라는 항의였다. 식당 주인은 이미 하수 처리 용량이 넘쳐 지금 당장 어떤 대책을 세울 수가 없다며 싸우고 있었다.

흘러넘친 하수는 그대로 바다로 가게 된다. 기존 가게 주인들은 우도에 상업시설이 포화 상태이므로 더 이상의 개발은 규제되어야 한다고 주장하고 토지 소유 주민은 계속해서 상업시설 증설을 주장하여 주민들 간의 갈등도 만만찮다고 한다.

정부도 한 발 걸치고 있다. 우도에 관광객을 더 받기 위해 예산을 투입해 계속해서 여러 가지 시설을 건설하고 있다. 주민들을 위한 편의시설은 필요하겠지만 관광 활성화를 목적으로 건물을 세우는 것은 자제되었으면 좋겠다는 생각이 간절했다.

수입 증대를 목적으로 자꾸 새로운 걸 만들려고 민관이 다 안달이다. 단기적으로는 합당한지 모르겠으나 장기적으로 옳은 방향인지 진지한 고민이 필요하다.

당장 관광객이 늘어나면 도로 추가 개설, 쓰레기 증가에 따른 환경오염, 원주민과 이주민 간의 갈등 증대 등 생각하지 못한 여러 문제가 발생한다. 장기적인 시각에서 지속 가능한 우도의 정체성을 찾아가야 한다.

《호모 사피엔스》를 쓴 유발 하라리는 인류가 지금 이뤄낸 엄청

난 발전의 결과물은 전 세계의 행복을 위해 써야 한다고 말했다. 그런데도 근시안적으로 각종 위기와 갈등, 돌이킬 수 없는 파괴만 불러오는 것은 아닌지 우려된다. 인류의 가장 큰 장점은 협력하는 능력이다. 부디 모두를 위해 최선의 길을 찾아야 한다.

하우목동항을 지나 해안길을 걸으니 곳곳에서 톳과 우뭇가사리를 채취해서 올리는 해녀들이 보인다. 우도에는 예로부터 잠녀(潛女)들의 수입이 좋아 남자들의 고기잡이배들은 많지 않다.

바닷가에서 해초를 열심히 자루에 주워 담는 사람들도 보인다. 해초 자루가 쌓인 곳에서는 날파리들이 엄청 설쳐대고 바다 짠내가 섞인 특유의 해초 냄새가 진하게 풍긴다. 포크레인이 바닷가 해변에까지 내려가 모아놓은 자루를 옮기고 있었다.

'참 많이도 건져 올린다. 수익이 제법 되겠어.'

혼자 생각하다 궁금증이 발동해 해안으로 내려가 일하시는 분들에게 무슨 해초인지 물어봤다. 괭생이모자반과 파래들이란다.

식용으로 먹는 모자반은 참모자반이고 괭생이모자반은 그저 골치덩어리이다. 해안 생태계의 변화로 최근 제주 해안에 괭생이모자반과 파래들이 많아져 바다를 오염시키고 있는데 제주도가 매년 많은 예산을 투입해 제거작업을 벌이지만 역부족이란다.

한쪽에는 쪽빛 바다가, 또 한쪽으로는 보리와 땅콩, 호밀이 불

우뭇가사리를 채취해 올리는 해녀들

어오는 바람에 일렁인다. 목가적이라는 말이 딱 어울린다. 쪽빛 바다와 해변의 검은 돌, 파란 풀의 대비가 아름다움을 한껏 더한다. 쇠물통언덕을 지나니 오래된 밭담들이 우리를 반긴다. 마을로 이어지는 올레길에는 마을 돌담길이 화산섬인 제주의 가치를 마음껏 뽐낸다.

멀리 바다색이 더 짙고 푸르러지면서 어디가 바다이고 어디가 하늘인지 구분하기 어려워졌다. 내 감성과 단어의 부족을 탓할 뿐이다. 아름답다, 감격스럽다, 멋지다, 믿기 힘들 정도이다, 눈부시다 말고 또 다른 말이 분명 있을 텐데….

경치에 취해 잠시 올레길 리본을 놓쳤다. 아무렇게나 바닷길을 지나 현무암 돌담길을 따라 걸으니 결국 올레길을 다시 만났다. 어느 하나 닮은 것 없는 돌들을 얼기설기 차곡차곡 쌓아 올린 돌담은 수려한 곡선을 자랑한다. 제주도의 또 다른 상징이며, 바람 많은 제주에서 꼭 필요한 돌담은 푸근한 마을 인심을 보여주는 것 같다.

한적한 하고수동 해변은 그냥 지나치기에는 아까운 풍경이었다. 백사장으로 내려가 한참을 앉아서 멍때리기도 하고 해가 기우는 것도 잊은 채 이리저리 거닐기도 했다. 아차차, 더 늦기 전에 어서어서 비양도에도 들러야지.

우도는 부속 섬 비양도와 다리로 연결되어 있다. 아내와 나는 다리를 건너 비양도에 갔다. 우도 동쪽 비양도(飛陽島)는 햇빛이 날아오르는 듯한 모습이라는 의미이다. 제주도에는 서쪽 협재해수욕장 맞은편에 중국에서 날아온 섬이라는 뜻의 비양도(飛揚島)도 있다. 특이하게도 제주도의 동서쪽 끝에 발음이 똑같은 섬이 양 날개처럼 존재한다.

비양도 봉수대에서 사진을 찍고 내려오는데 할머니 한 분이 해산물을 무겁게 이고지고 가시기에 얼른 다가가 들어드리겠다고 말했다. 할머니는 미안하고 고맙다는 표정을 지으시며 들고 있는 짐을 내게 건넸다. 걷는 내내 내 뒤에서 아내와 이런저런 이야기를 나누셔서 할머니네 사정을 꽤 알게 되었다.

슬하에 아들 둘, 딸 셋을 두었는데 다른 자식은 모두 결혼해서 제주와 육지에서 잘사는데 막내아들이 리조트와 제2공항 건설을 반대하는 일을 한다고 장가를 들지 않는다고 넋두리를 늘어놓으신다.

비양도를 나오니 할머니는 힘들게 채취한 돌미역을 한 봉지 건넸다. 괜찮다고 해도 막무가내로 아내에게 안겨주신다. 얼른 지갑을 꺼내 2만 원을 용돈이라고 드렸더니 극구 사양하시기에 나도 끝까지 호주머니에 넣어드렸다. 이번에는 할머니가 우뭇가사리와 톳을 한가득 주시면서 집에 가서 커피라도 마시고 가라고 권했다. 지인과의 저녁 약속 때문에 사양하고 다음에 꼭 들르겠다고 말씀드리고 할머니가 주신 선물을 아내와 내 배낭에 가득 넣고 즐거운 마음으로 다시 걷기 시작했다.

할머니와의 유쾌한 만남을 뒤로하고 관광객들로 붐비는 검멀레 해안을 지나 가쁜 숨을 몰아쉬며 등대가 설치된 우도봉에 올랐다. 정상에서 사방으로 보이는 풍경이 무척이나 황홀하다. 특히 바다 건너 옹기종기 솟은 오름들 위로 흐르는 구름 사이로 살짝 가려진 백록담은 신령스럽기까지 했다.

"제주는 참 아름답구나."

감탄이 저절로 나온다. 연신 카메라와 내 눈에 간직하고 싶은 모습들을 담아보지만 그 아름다움은 다 담을 수가 없었다.

우도에서 바라본 제주 본섬과 한라산

우도에도 여기저기 상업시설을 건설 중인 현장이 많았다. 아직은 우도다움을 간직하고 있지만 10년 후, 20년 후는 어떨까? 아니, 당장 5년 후도 장담할 수 없다.

근 시간 내에 제주도 여행 계획이 있으면 꼭 우도를 방문해보라고 권하고 싶다. 그것도 종종걸음으로 스쳐 가는 관광이 아니라 온전히 하루를 투자해서 해안과 마을을 따라 터벅 걸음으로 풍광을 즐겨야 한다.

우도의 아름다움은 어떤 언어로도 형언할 수 없다. 많은 시인과 화가가 우도를 노래하고 그렸지만 그 멋을 다 표현하기에는 부족하다. 신령스러운 우도는 언제까지 건재할까?

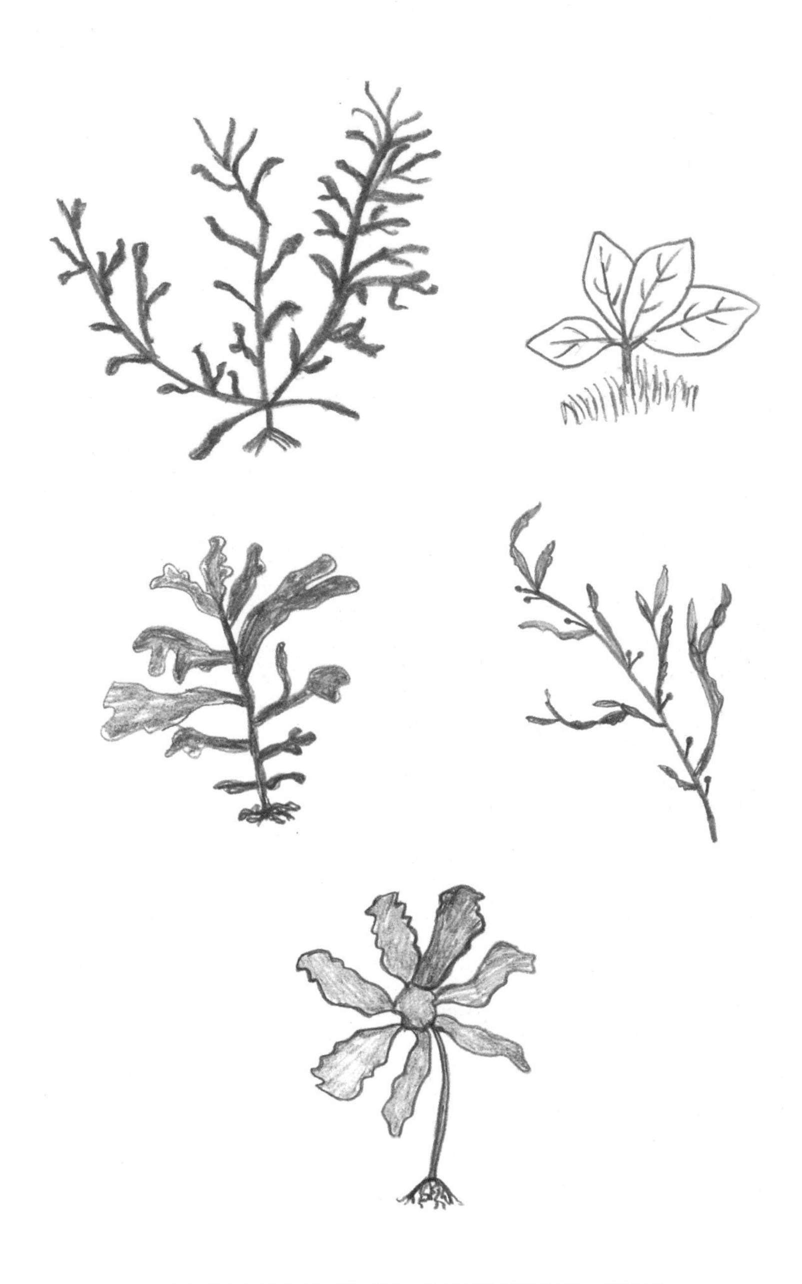

톳, 버냉초, 파래, 모자반, 감태… 모두 제주 바다가 주는 선물이다.

시간은 어김없이 흘러간다.
나를 찾는 이 적어지고 세상에서 잊히는
불안한 느낌도….
하지만 아직까지 가슴속이 간질간질,
아무래도 호기심이 더 많아
하루하루가 즐겁다.

1 사려니숲에서 위로받다

여름이 시작되는 6월의 첫날이다. 그동안 아껴두었던 사려니숲을 가는 날이다.

제주를 찾는 사람들의 여행 패턴도 많이 변하고 있다. 유명 관광지 찍기를 넘어서 제주의 숨은 속살을 마주하고 싶어 한다. 그래서 '신성한 곳'이라는 의미의 사려니숲을 찾는 사람들이 많이 늘었다.

진작부터 가고 싶었으나 휴식년으로 입산이 통제된 물찻오름을 개방하는 에코힐링축제에 맞추어 사려니숲을 찾았다. 제주도는 매년 6월 초 숲길 생태 체험과 함께 새로운 패러다임인 건강 치유의 힐링을 추구하는 관광 축제를 연다.

쭉쭉 뻗은 나무들이 피톤치드를 한껏 내뿜는다

사려니숲에는 도심에서는 좀처럼 접하기 힘든 10km 이상의 울창한 숲속 길이 있어 축제의 의미와 딱 맞는다. 탐방로를 걷는 동안 다양한 동식물을 만나고 숲에서 뿜어내는 피톤치드를 온몸 가득 받을 수 있다. 운이 좋으면 근처에서 한가롭게 풀을 뜯으며 노는 노루도 심심찮게 보게 된다.

숲속 탐방로에 들어서니 코끝에 신선한 공기가 와 닿는다. 폐 깊숙한 곳까지 피톤치드의 상쾌함이 전달되는 기분이었다. 탐방로 양쪽으로 쭉 늘어선 산수국은 언제라도 꽃을 피울 듯 만반의 준비를 하고 우리를 맞이한다.

반듯하게 닦인 숲길은 밋밋하게 계속 이어져 재미가 다소 떨어진다. 그러나 중간중간 삼나무 숲속으로 야자매트를 깐 비밀의 산책 숲길을 만들어 탐방객들을 유인하여 지루함을 덜어준다. 삼나무를 비롯하여 여러 나무가 우거진 대자연의 품속 같은 숲길을 감사하는 마음으로 걸었다. 길이 평탄해 혼자서 아무 생각 없이 걸어도 좋고, 비가 오는 날에는 우비를 입고 내리는 비를 맞으며 걷기에도 안성맞춤이란 생각이 들었다.

힐링축제의 백미는 훼손 예방을 위해 출입을 통제한 성판악 휴게소 코스와 사려니오름 코스 탐방로가 개방되는 것이다. 더불어 자연휴식년인 물찻오름도 축제 기간에 개방한다. 출입이 제한되었던 숲들은 그동안 감춰두었던 비경을 내어주고 탐방객들은 태고의 신비로움을 간직한 숲에서 진정한 위로를 받는다.

아내와 함께 세운 처음 계획은 축제를 충분히 즐기기 위해 이틀에 걸쳐, 하루는 성판악 코스와 물찻오름을 오르고 하루는 사려니오름 코스를 걷는 것이었다. 그런데 갑자기 육지에서 지인이 방문한다는 연락을 받았다. 인간사 마음먹은 대로 되는 일은 없으니 이 또한 즐기면서 방편을 찾아내면 되는 것이다.

나보다 더 씩씩한 아내와 논의를 한 끝에 조금 무리를 해서 하

물찻오름에서 바라본 한라산

루에 두 코스를 탐방하기로 했다. 거리는 꽤 길지만 피톤치드가 가득한 숲길이라 피로감을 덜 느끼며 힘차게 걸을 수 있었다.

물찻오름은 '물'과 성(城)의 제주어 '잣'이 합쳐져 물이 고인 오름 둘레가 마치 성처럼 보인다는 의미이다. 무성한 숲을 품은 오름의 분화구에는 많은 물이 담겨 있는데 이는 화산섬 제주에서 보기 드문 자연유산이다. 정상을 걷는 내내 물이 가득한 분화구를 쉽게 내어주지 않고 나무 사이로 언뜻언뜻 모습을 비춰 신령스러움을 선사했다. 정상 주변이 많이 훼손되어 복구를 위해 휴식년에 들어갔다. 축제 기간에만 공개하는 보물스러운 그곳을 오른 것은 우리에게는 잊을 수 없는 추억이 되었다. 어렵게 본 분화구의 모습을 뒤로하고 근처 전망대로 향했다.

놀라운 광경이 펼쳐졌다. 푸른 숲 너머에 보이는 한라산은 백두산에 이은 민족의 영산이라는 이름값을 톡톡히 한다. 이곳에서 보는 한라산이 가장 아름답다고 감히 자신 있게 말할 수 있다. 다들 정신없이 한라산의 모습을 사진에 담았다. 유명배우를 찍기 위해 모여든 기자들의 모습과 다를 바 없다.

슈퍼스타의 위용을 지닌 한라산, 나 또한 말없이 카메라를 들이밀었다. 동행한 해설사분이 한참을 내려가야 한다고 재촉하고서야 거의 넋을 잃고 있던 탐방객들이 겨우 발길을 돌렸다.

물찻오름에서의 감흥에 힘을 얻어 사려니오름 코스를 활기차게 걷기 시작했다. 남원 방향으로 걷고 또 걸으며 지루함을 느낄 즈음, 신기루 같은 사려니숲길 삼나무 전시림(展示林)을 만날 수 있었다. 행사 관계자분이 알려주지 않았으면 지나칠 뻔했다.

"수고하십니다."

감사하는 마음에 인사를 건네자 웃으며 말씀하신다.

"먼 길을 걸어 지쳐 있을 즈음 이 삼나무 군락지를 만나게 되니 일부러 말씀드려도 숲 안을 둘러보는 것이 힘들어 부담스러워하시는 분들이 많네요. 정말 장관이니 꼭 한 번 보세요."

어투에 안타깝다는 심정이 뚝뚝 묻어난다.

좋다고 권하는 걸 놓칠 우리가 아니다. 삼나무 군락지로 들어갔다. 아름드리 삼나무가 하늘을 향해 큰 키를 쭉쭉 세운 모습은 입이 떡 벌어질 정도였다. 일제강점기에 심어 아흔 살도 넘은 이

위 아흔 살이 넘는 아름드리 삼나무가 모인 삼나무 전시림
아래 사려니오름에서 바라본 제주 남쪽 바다

곳 삼나무는 국립산림과학원에서 관리한다. 전시림은 교육 또는 홍보 목적으로 조성한 산림이니 오죽 잘 가꿔져 있겠는가.

산책로 전체가 데크로 조성되어 둘러보기 편했으나 화산송이 길이었으면 하는 바람을 살짝 가져보았다.

탐방 종료 시간이 임박하여 아쉬워하며 서둘러 사려니오름으로 향했다. 정상에 오르자 사방이 확 트이며 제주의 남쪽 바다가 시야에 들어왔다. 멀리 우뚝 선 섶섬과 문섬도 보이고 뒤로는 한라산과 오늘 다녀온 물찻오름이 모습을 드러낸다. 황홀한 모습을 뒤로하고 무려 777개의 계단을 지쳐서 내려오니 고맙게도 무료 순환버스가 대기 중이다. 온종일 수고한 무릎이 순환버스 덕을 톡톡히 봤다.

숲길을 찾는 사람들은 숲속에서 세상사의 시름을 잠시 내려놓고 자연이 들려주는 아름다운 소리를 듣고 자연의 향기를 맡으며 자연에서 위로받는다. 가족과 함께, 친구나 연인과 같이 환한 얼굴로 걷는 사람들, 혼자 사색하며 자연과 하나되어 걷는 이들까지 모두 편안한 모습들이었다.

다음에 비 오는 날 우비를 입고 사려니숲길을 걸으며 신령님들의 목소리도 들어봐야겠다.

제주에서는 개인의 취향과 조건에 맞는 숲을 아주 쉽게 찾을 수 있다.

사려니숲의 주인 노루를 우연히 만났다

제주 시내권에는 오래전에 만들어져 많은 관광객에게 사랑받는 한라수목원 둘레길 숲, 정상에서 장관을 선물하는 서우봉 둘레길이 최고의 힐링 숲이다. 또 개인이 심혈을 기울여 조성한 돌하르방미술관 숲길도 좋다.

한라산 중산간 쪽에는 아름다운 산책길로 관광객을 유혹하는 절물자연휴양림과 붉은오름자연휴양림, 돌문화공원이 있다. 생태보존지역인 곶자왈은 동백동산, 사려니숲, 비자림숲들이 방문객을 기다린다. 모두 숲속 탐방로와 산책길이 잘 조성되어 있다.

제주도 남부에는 서귀포치유의숲, 화순곶자왈과 1100고지 휴게소 등이 있다. 서부에는 환상숲 곶자왈, 곶자왈 도립공원 등 천연자연림 숲길이 제주의 허파 역할을 하며 찾는 이들에게 즐거움과 생명력을 선사한다.

이게 끝이 아니다. 한라산 중산간 지역 해발 600~800m의 일제강점기 병참로와 임도, 표고버섯 운송로를 모두 탐방코스로 개발했다. '한라산 둘레길' 5개 코스 80km로 깊은 숲길이 만들어져 있다. 한라산 둘레길은 매년 조난객이 발생할 정도로 깊다. 관광객들이 가볍게 찾는 숲길은 아니고 조금은 마니아들을 위한 곳이다.

제주에는 곶자왈을 중심으로 다양한 숲들이 자리를 지키며 사람들에게 생명력을 선사하고 있지만 이 역시 개발 논리에 밀려 매년 조금씩 사라져가는 현실이 안타까울 따름이다.

2 옛 추억을 그리며 한라산을 오르다

30년 전, 제주에 처음 여행을 왔다. 추억은 언제나 세피아빛 아련함 속에서 떠오르며 낭만적이었다는 말 한마디로 정리되는 듯하다. 이후 늘 제주 여행을 동경했지만 바쁘다는 핑계로 20여 년 동안이나 발길이 닿지 못했다. 직장 생활 동안 출장을 국내외로 그리도 많이 다녔지만 유독 제주와는 인연이 없었다.

나이가 좀 들어 내가 가입한 조그만 모임에서 의미 있는 여행을 제대로 한 번 다녀오자는 말들이 나왔다. 그래서 10여 년 전 모임 회원이신 한의사 김명철 원장님 주도로 "제주의 속살을 보다"라는 주제로 제주 여행을 다녀갔다. 전혀 새로운 방식의 여행이라

색다른 경험으로 강렬한 인상을 받았다. 의미뿐 아니라 재미까지 찾은 여행이었다. 내게는 20년 만의 제주 여행이기도 했다.

2박 3일 동안 곶자왈과 본향당, 해녀들의 삶의 현장을 찾아다녔다. 당시 개인적으로 한라산에 대한 낭만적인 추억을 그리며 윗세오름까지라도 가보고 싶은 마음이 간절했으나 혼자 가슴앓이만 하고 말았다. 그렇게 30년 전의 배낭여행과 10년 전의 지인들과의 여행 경험을 통해 제주는 생각만 해도 항상 첫사랑과 같은 설렘으로 다가오는 곳이 되었다.

이후 지인들과 몇 번 더 다녀갔지만 단체 스케줄에 맞춰야 했기에 그렇게 가고 싶었던 한라산은 오르지 못하고 아쉬워만 했다. 이러한 간절한 바람이 새로운 출발을 기다리는 나를 제주로 이끌었는지도 모르겠다.

제주 생활을 시작하면서 한라산은 늘 시야 한끝에 존재했다. 쳐다만 보아도 가슴이 두근거리는 어머니와 같은 산, 수많은 개발의 위협을 이겨내고 순수한 자연의 모습을 간직하고 있는 명산이다.

한달음에 백록담을 만나러 가고 싶었으나 맑은 날 완벽한 모습이 보고 싶어 때를 기다렸다. 더군다나 혼자만의 산행이라 초여름 장마를 보내고 백록담을 만날 계획을 잡았다. 그래서 백록담 코스는 잠시 접어두고 아내와 함께 먼저 영실로 달려갔다. 30년

전 신혼 시절에 친구 부부랑 해변에서 야영하고 무거운 배낭을 짊어지고 영실에서 백록담으로 향했던 추억을 소환하며 들뜬 마음으로 윗세오름까지 올랐다.

그때 선작지왓의 평평한 탐방로를 지겹게 걸었던 기억과 백록담의 웅장한 모습, 정상에서 갑자기 추워져 오래 머물지 못하고 도망치듯 내려왔던 기억들이 아직도 생생하다. 구름 속에 갇혔다가 순식간에 모습을 내어주던, 만수까지는 아니지만 맑은 물을 담고 있던 백록담의 감격스러운 모습이 30년이 지난 지금도 사진처럼 또렷하다. 인간은 추억을 먹고산다. 여행을 해야 하는 이유가 여기에 있는 것이 아닐까?

영실휴게소를 출발할 때 나무 사이로 보이는 하늘이 온통 구름 투성이라 한라산의 아름다운 경치를 보겠다는 기대는 일찍 포기했다. 하지만 산을 오르는 동안 눈앞의 구름이 이리저리 몰려다니는 장관에 신비감마저 느꼈다. 날씨가 좋으면 좋은 대로, 나쁘면 나쁜 대로 산은 우리에게 다채로운 모습을 보여준다.

영실기암 오백장군바위가 눈앞에 펼쳐질 즈음, 그 많던 구름이 순식간에 걷히고 웅장한 바위들이 눈앞에 짠하고 나타났다. 심봉사가 눈을 떴을 때의 기분이 이랬을까?

그런데 또다시 한순간에 구름과 안개가 주위를 뒤덮는다. 간간이 드러나는 기암괴석들의 모습은 더욱더 신비롭고 가끔은 구름 속에서 웅장한 바위들이 살아서 움직이는 듯한 착각을 하게 한다. 산을 계속 오르면서도 아쉬움이 남아 구름이 걷히기를 기대하며 나도 모르게 고개가 자꾸 바위 쪽으로 돌아갔다.

구상나무숲을 지나니 하얗게 말라죽은 고사목 지대가 나타났다. 기후변화로 한라산의 구상나무가 말라 죽어간다는 소식을 뉴스로 듣다가 해발 1,500고지에서 고사목을 직접 목격하니 안타까움이 앞섰다. 우리나라에만 서식하는 구상나무는 세계자연보전연맹의 멸종위기종으로, 최대 서식지 한라산에서도 급격하게 줄어들고 있다고 한다.

위 다 세어보기도 힘든 오백장군바위
아래 웅장한 병풍바위

구상나무숲 고사목 지대를 벗어나 작은 돌들이 널린 너덜길을 지나니 옅은 구름 아래 희미하게 선작지왓이 펼쳐진다. 백록담 남벽이 가장 잘 보이는 선작지왓에 도착했을 때도 사위(四圍)가 온통 구름이라 당연히 백록담의 모습은 볼 수 없었다.

조금 더 올라가니 신기하게도 갑자기 눈앞에 백록담의 웅장한 모습이 아주 선명하게 나타난다. 무슨 행운인지는 모르지만 백록담 모습을 내어준 한라산 신령님께 감사했다. 넓게 푸르름이 펼쳐진 대평원의 하늘에서는 구름들이 빠르게 이리저리 몰려다녀 신비로웠다. 구름 사이로 조용히 그 위용을 자랑하듯 가끔 모습을 드러내는 아름다움에 넋을 잃고 몽롱한 기분으로 윗세오름 대피소를 향해 걸었다.

대피소에는 어디서 왔는지 도심을 방불케 할 정도로 많은 탐방객이 북적였다. 주변에는 환영꾼인지 방해꾼인지 모르겠지만 까마귀떼도 몰려 있었다. 마치 한라산의 주인인 양 탐방객들에게 입장료를 달라는 듯 먹을 것을 내놓으라고 아우성이다.

영실 코스는 영실기암, 구상나무, 선작지왓 등 많은 볼거리가 변화하는 날씨에 따라 시시각각 다양한 모습을 선보여 산행하는 내내 심심할 틈이 없었다. 가끔 발아래로 보이는 운해가 연출하는 장관을 바라보며 힘을 얻는다. 구름을 타고 걷는 기분으로 간간이 비치는 햇살이 더욱 반갑게 느껴진다. 빠르게 변하는 자연의 모습을 하나라도 더 눈에 담는다고 내 눈이 바쁘게 움직인다.

백록담 남벽이 가장 잘 보이는 선작지왓 탐방로

윗세오름에서 바라본 백록담

자연의 웅장함에 숙연해진다.

경제 논리에 파괴될 뻔했던 과거를 이겨내고 묵묵히 자리를 지켜준 한라산에 감사함을 느낀다. 여러 사람의 피나는 노력이 없었다면 백록담 분화구에 호텔이 들어서고 등산로가 자동차 도로가 되어 한라산의 그 숭고한 가치는 사라졌을 것이 자명하다. 상상만 해도 끔찍하다.

제주의 해안은 물론이고 한라산 아래 중산간 지역 여러 곳에서 개발에 대항하여 보존이라는 힘겨운 싸움은 계속되고 있다. 부디 한라산이 덜 상처받고 영원하기를 간절히 기원해본다.

3 삼다수숲에서 정중동을 즐기다

제주의 집은 밤이 되면 소음과 불빛이 거의 없는 고요함이 찾아온다. 육지에서는 상상하기 어려울 만큼 깊은 잠을 잘 수 있다. 오늘도 숙면을 취하고 아침에 일어나니 창밖 햇살이 강렬하여 더위가 만만치 않을 것 같았다.

오래간만에 아내와 대청소를 했다. 집이라는 것이 매일 쓸고 닦아도 뒤돌아보면 또 지저분해진다. 회사 다니던 시절에는 집안이 깨끗한 게 그저 당연하다 했는데 제주도에서 생활하다 보니 아내의 노고와 애씀이 절로 보였다. 특히 바람 많고 습도가 높은 제주도에서는 며칠만 손이 가지 않으면 금세 곰팡이가 기승을 부린다.

구석구석 확인해 걸레질하고 가구도 위치를 옮겨 바람을 쐬어 주며 아침 일찍부터 부지런을 떨었다. 주변이 깨끗해지면 마음도 개운해진다. 치아를 잘 닦고 나면 느껴지는 뽀드득한 느낌에 모 광고에서 나온 카피처럼 '청소 끝!'을 외쳤다.

어디 나갔다 올까 하다 며칠 전 태흥리에서 만난 할머니의 친정 교래리 삼다수숲이 생각났다. 주섬주섬 간단하게 물과 간식 조금을 챙겨 삼다수숲으로 달려갔다.

지난번 올레 4코스를 걸을 때 남원읍 태흥리에서 낮은 돌담에는 붉은 장미가, 안쪽 텃밭에는 감자꽃이 핀 그림 같은 시골집을 보았다. 너무도 평화로운 모습에 반한 아내가 조심스럽게 사진을 찍으려는데 할머니가 집 문을 열고 나오셨다. 순간 겸연쩍어 들었던 카메라를 내리니 친절하게도 할머니가 괜찮으니 들어와 사진을 찍고 가라고 하신다.

할머니의 배려에 마당으로 들어가 담장가 나무 그늘 아래 조그만 평상에 앉았다. 인심 좋은 할머니가 급하게 밀크커피를 타 나오신다. 커피를 마시면서 할머니가 알아듣기 어려운 제주도 사투리로 하시는 말씀을 들었다.

당신이 태어나고 자랐던 조천 교래리 마을과 삼다수숲 이야기, 남원으로 일찍 시집오신 이야기, 할아버지가 젊어서 돌아가시고 어렵게 5남매를 키운 이야기를 하시면서 이제는 가족이 24명이

지역민만 아는 숨은 명소 삼다수숲길

나 된다고 자랑까지 하신다.

삼다수숲을 꼭 가보겠다고 할머니께 약속드리고 즐거운 마음으로 다시 올레길을 걸었던 기억이 생생하다. 할머니의 정을 듬뿍 느낀 1시간가량의 흐뭇한 휴식으로 그날 하루 힘들지 않게 올레길을 완주할 수 있었다.

무려 700년이나 됐다는 교래리에 소재하는 삼다수숲은 아직 많이 알려지지 않았다. 해발 400m쯤, 구좌와 조천의 넓은 들과 한라산이 경계를 이루는 중산간 지역에 한대림과 난대림이 어우러진 원시림이다. 3개의 코스가 있는데, 1코스는 삼나무가 빽빽한 가벼운 산책길로 1.2km의 '꽃길', 2코스는 조릿대가 무성한 중산간 지대에 말 목동들이 이용했던 길을 복원한 5.2km의 '테우리길'이다. 마지막 3코스는 한라산에서 발원하여 조천읍 교래리와 성산읍을 거쳐 표선면 하천리 바다로 이어지는 천미천을 따라 옛날 사냥꾼들이 이용했던 길을 복원한 '사농바치길(사냥꾼길)'이다. 한라산 중산간 깊이까지 8.2km에 달하여 만들어져 있었다.

예스러움을 그대로 간직했기에 2010년 '제11회 아름다운 숲 전국대회'에서 천년의 숲 부문 어울림상을 수상하였고 2017년에는 유네스코 세계지질공원 대표명소로 지정되었다. 하지만 탐방객이 많지 않아 주차장과 편의시설이 조성되어 있지 않았다.

더운 날씨에는 역시나 조용한 숲길이 최고다. 아내랑 한적한 삼다수숲길에서 시간에 구애받지 않고 느긋하게 걸으며 이 어마어마한 숲에 녹아드는 듯한 기분으로 정중동을 즐겼다. 숲길 전체 탐방로에는 퇴적층 흙과 화산송이가 덮였고 그 위에 야자수 매트가 깔렸다. 탐방로가 평탄하고 푹신푹신하며 높낮이가 심하지 않아 힘들지 않게 숲이 선사하는 녹색의 향연을 만끽하며 가장 긴 3코스를 걸었다.

탐방로에 들어서니 여러 꽃이 뿜어내는 향긋한 꽃내음이 코끝을 즐겁게 하고 숲속 이름 모를 벌레들의 울음소리가 우리를 반겼다. 우거진 숲속에서 바람에 일렁이는 숲을 보고, 꽃내음과 풋풋한 풀잎향을 맡으며, 새들의 노랫소리와 바람 소리를 들으니 '여기가 별천지구나' 하고 스스로 감탄했다. 잎사귀 사이로 신비롭게 내리비치는 여러 줄기의 햇살이 마치 이상세계에 들어온 것 같은 착각을 불러일으킨다.

숲길을 걷는 내내 탐방객들은 4~5명밖에 보이지 않았지만 나무의 식생들이 수시로 바뀌며 다양한 형태의 숲길을 제공하기에 지루할 틈 없이 눈 호강을 하며 걸을 수 있었다. 우리 때문에 놀라 달아나는 노루를 보고 순간 우리도 화들짝 놀라기도 했다. 그들

한적하고 고요한, 비밀의 정원 같은 숲

의 생활터전을 침입한 사람이 되어 미안한 마음을 감출 수가 없었다.

조릿대가 군락을 이루고 단풍나무, 때죽나무, 자귀나무 등 활엽수들이 사람의 손길이 닿지 않은 자연 그대로, 정돈되지 않은 모습으로 울창하다. 싱그러운 숲이 선사하는 청량감을 마음껏 들이켰다가 내쉬니 몇십 년 동안 가슴속에 쌓인 스트레스가 빠져나가 몸과 마음이 깨끗하게 정화되는 느낌을 받는다. 아낌없이 주는 숲에서 자연의 신비로움에 한없이 감사하고 위대함과 경건함

마저 느낀다. 조용한 숲속을 걷다 보니 어느새 명상가가 되고 자연인도 된 기분이다.

'경쟁이 치열한 직장 생활을 하면서 보잘것없는 내가 살아남기 위해 얼마나 많이 위선적이고 과장된 모습으로 살았을까?'

갑자기 스스로가 불쌍한 생각이 들었다. 어울리지 않는 옷을 벗고 아름다운 숲에서 마음의 때를 씻어내는 듯한 기분에 또 한 번 감사함을 느꼈다.

탐방로 곳곳에는 수수하고 은근한 매력을 가진 산수국이 만발하여 눈을 한층 더 즐겁게 해주었다. 그리 화려하지 않은 작은 꽃들을 활짝 피워 잔잔하고 소박한 아름다움을 선사한다. 산수국이 내게 조금은 어리숙한 삶을 살라고 말하는 것 같았다.

그래, 이제는 나도 형식과 체면치레를 버리고 조금은 허술하게 살고 싶다. 지금까지 많은 시간을 나 자신보다 주변의 다른 사람들을 의식하며 살았다. 이제는 진짜 나를 들여다보고 나 자신의 삶에 충실하고 싶다.

한적하고 고요한 숲길이라 비밀의 정원 같은 느낌이 들어 걷는 내내 감사하는 마음이 떠나지 않았다. 삼다수숲길은 번잡하지 않아 사색하거나 도란도란 얘기하며 걷기에 안성맞춤이다. 말로 표현하기 어려울 정도의 충만함을 느낄 수 있고 자연의 품에 온전히 안기듯 포근하고 평온함을 만끽할 수 있는 보석 같은 숲길이다.

제주에 사는 친구 대권이 부부랑 자주 만나면서 함께 삼다수숲을 가자고 여러 번 이야기했지만 결국 실천하지 못했다. 많이 아쉽고 그립다.

쉬엄쉬엄
놀멍쉬멍
꼬닥꼬닥 걷는 길
삼다수숲길

4 변덕쟁이 제주 날씨

벌써 제주 생활이 4개월째로 접어들었다. 이제 많은 것에 익숙해 크게 불편함 없이 생활하고 종종 방문하는 지인들의 맞춤형 여행 안내까지 가능할 정도이다. 아주 불편하지 않으면 이동에 버스도 많이 이용한다.

어제 제주로 여행 온 후배를 만나러 공항에 갔다가 갑자기 천둥 번개를 동반한 세찬 비를 만났다. 태풍은 아니고 초여름의 비바람이었으나 해안가에서는 몸을 가누기 힘들 정도여서 놀라움을 감출 수가 없었다. 아직도 익숙지 않은 제주의 비바람에 후배를 배웅하고 서둘러 귀가했다.

제주에서 번영로(97번 국도)를 이용해서 표선으로 넘어오는데

제주의 봄을 상징하는 유채꽃

송당 대천교차로쯤에서 비가 거의 내리지 않고 파란 하늘이 보이기 시작했다. 놀랍게도 남쪽 표선에는 비가 내렸던 흔적만 희미하게 남았고 바람이 약하게 불고 있었다. 제주에서 이렇게 심한 날씨 변화는 처음 겪어 쉽게 믿어지지 않았다. 수시로 창문을 열고 하늘을 아무리 쳐다봐도 이미 비바람은 완전히 잦아들었고 어둠이 시작되는 하늘에는 총총한 별들이 보이기도 했다.

도깨비 같은 제주 날씨를 체험했다.

그리고 오늘 아침, 창문을 열자 어제 내린 비로 공기가 매우 상큼했다. 여행 온 아내의 지인들을 만나기 위해 집을 나서면서 햇빛이 강할 걸로 예상하고 평소 잘 바르지 않던 선크림도 단단히 바르고 챙모자까지 챙겨 나섰다.

약속 장소가 중산간 지역이라 차를 운전해서 한라산 방향으로 올라가는데 갑자기 안개가 심해지기 시작했다. 사려니숲을 막 지날 즈음 가시거리가 2~3m도 안 되는 믿기지 않는 상황으로 급변하여 순간 당황하면서 비상등을 켜고 거북이 운행을 했다. 육지에서도 안개 낀 도로를 운전해봤지만 이렇게 심한 안개는 처음이었다. 사방이 짙은 안개로 둘러싸인 도로를 운전하니 33년 무사고 운전 경력자에게도 두려움이 엄습해왔다.

"한치 앞을 볼 수가 없다."

이 말이 실감 나는 날씨 덕분에 호스트인 우리가 약속시간을 정확하게 지키지 못했다. 하루이틀 사이 제주 날씨의 진면목을 느껴보았다.

얼마 전 장마가 시작될 즈음에는 하루에도 여러 번 변하는 날씨에 적응하느라 정신없었다. 장마의 영향으로 많은 비가 예상된다는 일기예보에 계획했던 궁대오름 탐방을 취소하고 오일장이나 다녀오려고 했다. 새벽부터 시작된 비가 오전에 조금 잦아들기에 시장 갈 준비를 하는데 갑자기 사방이 어두워지더니 폭우가 쏟아져 시장 가는 걸 포기하고 말았다. 소낙비가 지나가자 오후에는 하늘에 뭉게뭉게 구름이 뜨고 맑고 화창한 햇살이 구름 사이로 비치기 시작했다. 하루에도 이렇게 날씨 변화가 심하니 어

위 안개가 잦은 제주의 도로
아래 비구름이 몰려다니는 변덕스러운 제주의 날씨

느 장단에 춤을 추어야 할지 난감했다.

제주 날씨는 섬 한가운데 우뚝 선 한라산의 영향으로 변화무쌍하기로 유명하다.

"지구 온난화로 우리나라도 차츰 아열대성 기후로 변해간다."

이 사실을 제주에서 생활하면서 실감하고 있다. 넓지 않은 제주에서도 한라산을 중심으로 북쪽 제주권, 남쪽 서귀포권, 서쪽 한림권, 동쪽 성산권이 각각 날씨가 완전히 다른 경우가 종종 있다. 심지어 같은 지역에서도 하루에 여러 번 날씨 변화를 경험할 수 있다.

제주에서 '기상청의 날씨 예보가 육지의 날씨 예보보다 좀 더 많이 틀리다'는 느낌을 받는 것은 그저 어림짐작일 뿐일까? 제주의 변덕스러운 날씨 변화를 기상청의 관측 장비도 따라가기 어려운지 정확성이 많이 떨어져 제주 사람들은 일기예보에 대한 신뢰도가 다른 지역보다 낮은 것 같다. 가끔은 한라산의 신령님께서 제주 날씨를 갖고 요술을 부리는 것 같다는 생각도 해본다.

제주도를 여행하면 날씨에 영향을 참 많이 받는다. 항공기의 이착륙을 방해하는 강력한 윈드시어(wind shear)도 한라산의 영향으로 자주 발생한다. 제주에서의 비는 대부분 거센 바람을 동반해 비를 맞으며 여행하기가 쉬운 일이 아니기에 날씨를 잘 살펴야 한다. 날씨가 흐리거나 바람이 조금이라도 불면 우도, 마라도, 가파도, 비양도, 추자도 여객선 운항 계획도 수시로 변경되니 당일 아침에 각 터미널에 확인하고 출발해야 낭패를 당하지 않는다.

바람이 많은 제주는 체감온도가 낮다는 사실도 명심해야 한다. 하루 중에도 변덕스러운 날씨로 일교차가 심하고 지역에 따라서 기온도 수시로 변한다. 오뉴월에는 가벼운 우비 지참이 필수이고 여름옷을 주로 입지만 긴 팔의 얇은 겉옷 하나는 상비해야 한다. 구시월에는 약간 두꺼운 겉옷이 긴요할 때가 많다.

빗길운전에 대한 경각심도 필수이다. 갑자기 내리는 여름비는 대부분 스콜 형태로 안개를 동반하니 운전자의 시야가 아주 짧아질 수밖에 없다. 속도를 대폭 줄여 안전운전하여야 한다.

사계절이 뚜렷했던 우리나라도 지구 온난화의 영향으로 기후가 바뀌고 자연재해의 규모도 점차 커져간다. 변덕스러운 날씨로 제주도 가운데 우뚝 솟은 한라산이 보이지 않는 날들이 많다.

그러나 변덕스러워 종잡을 수 없는 제주 날씨조차 즐길 준비만 되면 제주에서 아름다운 추억을 마음껏 담아갈 수 있을 것이다.

5 여름밤 오름에서 별구경하다

어릴 적 여름밤 최고의 피서지는 집 마당이었다. 사방에 모깃불을 피우고 평상에서 온 가족이 모여 저녁을 먹고 더위를 식히다가 졸리면 모기장을 치고 그 안에 들어가 잠들었다. 선풍기도 없던 시절, 할머니는 부채 하나로 평상에 누운 여러 손자의 모기를 쫓고 더위도 날려주었다. 매일 하늘을 지붕 삼아 잠들곤 했던 추억이 아련하다.

여름밤 평상에 누워 바라본 하늘에서는 수많은 이름 모를 별들이 생생하게 빛을 발했다. 하지만 어린 내게는 별다른 감흥으로 다가오지 않았고 그냥 매일 보는 밤하늘 풍경, 그 이상도 이하도 아니었다. 그러한 별이 어머니가 돌아가신 후, 군대에서 내게 특별하게 다가온 적이 있다.

어린 시절 우리 어머니는 당신에게 가장 엄격하신, 초인적인 생활력과 매사 현명함을 갖춘 강인한 분이었다. 그 어려운 환경에서 시부모님 모시고 자식을 기르면서 정작 당신의 몸은 돌보지 못하셨다. 일찍 지독한 병을 만나 한순간의 여유로움도 가져보시지 못하고 돌아가셨다. 본인은 밤낮으로 고생하시면서도 자식들이 밖에서 손가락질받거나 소외되는 삶을 살지 않도록 피나는 노력을 아끼지 않으셨기에 우리 형제들이 무난하게 성장할 수 있었다.

그렇게 억척으로 살아오신 어머니가 몸져누우시고 나는 입대를 했다. 처음 입대했을 때는 어머니 걱정에 밤마다 남몰래 울기도 많이 울었다. 시간이 흐르고 어머니의 병상 생활이 길어지자 걱정도 조금씩 내려놓고 무감각해지기 시작했다. 나를 포함한 가족들이 차츰 어머니의 병환에 적응되어갔다.

그러다 상병 시절 어느 날, 휴가를 나와 집에 도착했는데 집 안 분위기가 이상했다. 급하게 방으로 들어가니 가족들 모두 침통한 표정으로 어머니 곁에 앉아 소리 죽여가며 훌쩍거리고 있었다. 어머니는 이세상과의 하직을 준비하고 계셨다. 저녁이 되니 어머니 머리맡 탁자 위에 놓였던 약상자가 치워지고 저승 가실 때 입고 갈 수의가 놓였다.

그렇게 생과 사의 갈림길에서 죽음의 길로 들어서는 어머니를 하늘이 무너지는 마음으로 지켜보아야 했다. 그날 밤 어머니는 하늘나라도 훨훨 날아가셨다.

장례를 마치고 부대에 복귀하여 한동안은 어머니 생각에 내 삶이 멈춰진 느낌으로 살아갔다. 그때 내무반 잠자리에서 보이는 조그만 창문 너머 밤하늘에 유난히 밝게 빛나던 별이 있었다. 나는 어머니가 하늘나라에서 그 별이 되셔서 나를 지켜보고 계신다고 생각하면서 스스로를 위로했다. 매일 저녁 잠자리에 누워 그 별에 문안 인사를 드리고 잠을 청했다. 잠이 쉽게 오지 않는 날이면 그 별과 이런저런 얘기도 나누고 막연한 미래에 대한 불안감을 희망으로 승화시키도록 도움도 청하곤 했다.

그 별은 제대할 때까지 내게 큰 버팀목이 되어주었다. 힘들고 어려운 군생활을 하면서 그 별에게서 많은 위안을 받았다. 별에서 받은 용기로 늦은 나이에 가장 밑바닥부터 시작해 그렇게 갈망했던 대학에 진학도 할 수 있었다.

이후로 나는 밤하늘의 별을 보거나 생각하면 먼저 하늘에 계신 어머니를 떠올리는 버릇이 생겼다. 하지만 군을 제대하고 치열한 삶을 살아오면서 하늘의 별을 마음 놓고 쳐다본 기억이 별로 없는 것 같다.

해 질 녘의 용눈이오름

지독한 더위도 피할 겸 어릴 적 추억을 더듬어 오름에 별구경을 갔다. 마침 날씨도 맑고 그믐이 가까워 밤하늘 경치를 구경하기에 안성맞춤이었다.

나무가 없고 봉우리가 우뚝 솟은 용눈이오름이 별구경에 최적의 장소였다. 조그만 돗자리를 하나 챙겨 들고 해가 넘어가기 전에 오름에 올랐다. 해가 질 때 서쪽 하늘과 바다는 붉은빛으로 웅장한 장관을 연출했다. 태양이 하늘과 바다 사이로 빠져드니 붉은 노을에 투영되는 모든 만물이 평소와는 색다른 모습을 연출했다.

오름 정상에는 생각보다 많은 사람이 밤하늘의 별을 관측하고 사진을 찍으려고 준비하고 있었다. 별을 구경하면서 운이 좋으면 별똥별도 볼 수 있겠지… 별똥별이 떨어지면 무슨 소원을 빌어야 할까 생각하면서 별을 기다렸다.

해가 진 오름 정상으로 불어오는 시원한 바람에 더위는 어느새 스트레스와 함께 날아가 버렸다. 저 멀리 보이는 바다에는 한치잡이 배들이 불을 대낮같이 밝혀 마치 새벽 동틀 녘의 모습을 연상케 했다.

어둠이 내리니 하늘에서 별들이 하나둘 빛나기 시작했다. 그리 오래 기다리지 않았다고 생각했는데 벌써 칠흑 같은 어둠이 찾아와 수많은 별이 밤하늘에서 장관을 연출하고 있었다. 어릴 적 시골 마당에서 봤던 것보다 더 많은 별이 보이는 듯했다. 가져간 돗자리를 언덕에 펴고 누웠더니 하늘의 별들이 금방이라도 눈앞에 쏟아질 것 같았다.

넋을 놓고 바라보았다. 신비스럽고 경이롭다는 느낌도 엄습해 왔다. 운 좋게 별똥별이 떨어지는 모습을 봤지만 황홀한 감정에 도취되어 소원을 빌어야 하는 것을 잊어버리고 말았다. 누워서 깜깜한 하늘을 바라보고 있으니 신기하게도 별과 별 사이로 새로운 별이 보이고 자세히 볼수록 별의 숫자는 자꾸 늘어났다. 새삼 우주는 광대하고 그 속에서 나의 존재는 얼마나 작은가 깨닫고 더욱 겸손해졌다.

인간은 우주라는 차원에서 보았을 때 먼지보다 더 보잘것없는 존재일 수 있다. 하지만《코스모스》를 쓴 칼 세이건은 이 방대한 우주에서 유일하게 지적생명체인 인간은 크나큰 존재 의미를 가지고 태어난다고 알려준다.

돌아가신 어머니의 별이라고 매일 밤 군 내무반에서 보았던 그 별도 분명 저 하늘의 수많은 별 속에서 빛나고 있겠지…. 새삼 하늘에 계신 어머님이 그리워진다.

꼭 한 번이라도 꿈에서 어머니를 뵙고 싶다. '하늘의 별을 봤으니 어쩌면 어머니가 꿈에 나타나지 않을까' 하며 생시 같은 재회를 은근슬쩍 기대해본다.

잘 모르는 별자리를 찾겠다고 애쓰지 않고 그저 총총히 떠 있는 밤하늘의 풍경에 만족했는데, 이 또한 한여름밤의 아주 좋은 피서였다. 시원한 바람 소리와 풀벌레 소리가 고요한 여름밤의 운치를 더했다. 밤하늘을 아름답게 수놓은 별들을 바라보며 소원도 빌어보니 잠깐 동심으로 돌아간 느낌이었다.

집으로 돌아오는 차 안에서 여동생의 전화를 받았다. 이런저런 안부를 묻고는 전화를 끊었다. 어머니가 돌아가시고 어버이날을 지난 어느 날 휴가로 집에 가니 마루에 걸린 어머니 사진에 여동생이 달아놓은 커다란 카네이션이 보였다. 그 모습에 어머니를

저 멀리서 대낮같이 불을 밝히고 조업을 하는 한치잡이 배들

부르면서 한참을 울었던 기억이 갑자기 떠오른다. 별을 통해 마음으로 어머니를 만나고 돌아오는 길에 건강이 좋지 않아 걱정인 여동생의 전화를 받으니 나도 모르게 눈시울이 뜨거워지면서 주르르 눈물이 흐른다. 나이 들어 눈물이 많아진 나를 옆에서 아내가 또 놀린다.

오늘 수많은 별을 품은 아름다운 여름 밤하늘의 풍경을 마음껏 즐겼고 한동안 잊고 살았던 어머니를 원 없이 그리워할 수 있어 좋았다.

속절없이 나이를 먹어가니 때로는 창피하고 부끄럽게 왜 이리도 눈물이 많아지는지 모르겠다.

밤하늘 별

6 에코투어에서 제주의 속살을 보고 즐기다

절정으로 치닫는 여름, 제주도는 온통 초록의 향연이다. 한라산과 오름, 곶자왈의 숲과 나무가 스스로 뽐낼 수 있는 가장 짙은 초록으로 사람들을 설레게 하여 숲으로, 숲으로 유인한다. 더운 여름날 제주에서는 많은 사람이 바다를 찾아 더위를 진정시키지만 그보다 더 많은 사람이 제주의 숲에 안겨 더위에 지친 심신을 위로받는다. 제주의 숲과 곶자왈이 기꺼이 제주를 찾는 사람들의 쉼터가 되어준다.

푸르른 자연에서 제주 생활이 더욱 풍요로워져 완전한 제주 사람이 된 기분으로 마음껏 제주를 즐기고 있다. 계절과 날씨에 맞게, 때로는 동행자에 맞게 맞춤 제주 즐김이 가능하다.

제주 사는 지인이 '에코투어'를 소개해주었다. 한라일보사가 주최하며 제주트레킹연구소의 도움으로 많이 알려지지 않은 제주의 오름, 올레길, 곶자왈 지역을 학습하며 자연 생태계의 우수성을 알아가기 위한 탐방 여행이다. 자연의 소중함을 느끼게 하고 제주의 가치를 보다 적극적으로 알리는 것이 목표이다. 겨울을 제외하고 매달 2회 주말을 이용해 1회당 40명을 모집한다. 참가비는 1만 2,000원인데 점심 도시락, 여행자 보험, 관광버스, 음용수 등을 모두 주고 트레킹 안내와 생태 학습까지 시켜주는 매우 고마운 프로그램이기에 참가자 모집은 접수 첫날 끝난다.

여러 번의 시도 끝에 '7차 제주섬 글로벌 에코투어' 참가를 겨우 예약했다. 서귀포시 안덕면쓰레기매립장을 출발하여 서영아리오름-습지-임도-숲길-돌오름-임도-색달천-임도-쓰레기매립장으로 돌아오는 코스로 평소 사람들이 자주 찾지 않는 깊은 숲속 지역이 많아 처음부터 기대가 컸다.

당일 아침 일찍 제주지방합동청사 앞에서 설레는 마음으로 관광버스에 올랐다. 도시락과 물을 받고 동행자들과 가벼운 눈인사를 나눴다. 버스가 출발하자 한라일보 국장님의 간단한 인사 말씀에 이어 오늘 투어를 이끌 제주트레킹연구소 소장님의 사전설명을 들었다.

1시간 이상 이동하여 출발점에 도착했다. 아직 비는 내리지 않았지만 사방이 자욱한 안개에 싸여 을씨년스러운 분위기가 연출되고 있었다. 산행 대장님의 안내로 몸을 풀고, 주의사항과 탐방 일정을 설명 듣고 숲길 탐방을 시작하니 그동안 참아왔다는 듯이 비가 내렸다. 비를 머금자 숲들이 순식간에 기지개를 쭉 펴며 마음껏 당당한 위용을 뽐냈다.

에코투어가 아니면 어찌 이런 짜릿한 순간을 맞이할 수 있었을까? 에코투어를 주관하고 산행을 안내하는 분들의 수고에 다시 감사함을 느끼면서 우중 산행을 본격적으로 시작했다.

첫 번째 목표지점인 서영아리오름 정상에 가쁜 숨을 몰아쉬며 도착했다. 확 트인 서귀포 앞바다와 산방산, 더 멀리 송악산의 위용이 안개에 가려 많이 아쉬웠다. 정상에 선 우리 일행을 안개가 사방에서 감싸 고립된 느낌마저 들었다.

제주에는 영아리란 이름을 가진 오름이 2개다. 동쪽 물영아리오름, 그리고 서쪽의 서영아리오름이다. 둘 다 제주에서는 보기 어려운 습지를 품어 신령한 오름이라는 뜻을 가지게 되었다고 트레킹연구소 소장님이 재미있게 설명해주셨다.

분화구 쪽으로 내려가니 그 깊은 산속에 거짓말같이 커다란 습지가 나타났다. 습지는 물안개를 일으키며 신비로운 모습으로 우리를 반겼다. 일행들은 비를 맞으며 호수의 모습을 카메라에 담느라고 정신이 없었다.

비를 뚫고 가는 한라산 생태숲 탐방

서영아리오름을 내려와 만난 삼나무들은 빗속에서도 하늘을 찌를 듯 높이 솟은 모습으로 우리를 맞아주었다. 상쾌한 향을 뿜어내는 삼나무 아래에서 비를 맞으며 점심을 먹기로 했다. 삼삼오오 둘러앉아 도시락을 꺼내놓으니 도시락에 금방 빗물이 찬다.

그래도 서두르지 않고 비를 즐기며 도시락을 먹었다. 식사 후, 각자의 자리를 흔적없이 깨끗이 정리하고 모두가 빙 둘러서서 인사를 나누는 시간을 가졌다. 자연에 애정을 가지고 제주를 순수하게 사랑하는 현지인들이 대부분이었다.

숲속에서 비를 맞으며 먹는 도시락

다시 출발.

돌오름으로 가는 탐방로에서는 조릿대 군락지와 다양한 색상을 뽐내는 산수국들이 우리를 맞았다. 평화로운 숲속 은신처를 우리가 침입하여 그들의 안식을 훼방하고 있는 것은 아닐까 우려되었다.

우비를 입은 몸은 이미 땀으로 흠뻑 젖었다. 숲속에 떨어지는 빗소리가 청량했다. 비와 하나가 되어 한참을 걸어 돌오름 정상에 도착했다. 돌오름은 등성이에 돌이 많아서, 또는 오름 정상을 한 바퀴 돌 수 있어서 붙은 이름이라는 말이 있다고 소장님이 설명하셨다.

이름을 2~3개씩 가진 오름들이 많다.

"오름이 하나의 마을에만 있는 것이 아니라 두세 마을에 걸쳐 있어 각자의 마을에서 이름을 지어 불렀습니다. 그러니 굳이 오름의 이름을 정확하게 해야 한다고 너무 집착해 획일화시키지 말았으면 합니다."

트레킹연구소 소장님이 말씀하셨다.

"일부에서는 오름을 탐구한다는 명분으로 이 이름이 맞느니 틀리느니 따지려드는데 이는 오히려 마을마다 지닌 전통을 무시하는 일이 될 수 있습니다. 다 인정하고 여러 개의 이름을 받아들이는 것이 옛것을 지키는 길이 될 수 있습니다."

소장님의 설명에 폭풍 공감이 되었다.

돌오름의 정상에서 바라보는 한라산의 모습 역시 아름다운데 날씨가 흐려 볼 수 없어 사람들이 아쉬워했다. 원시림에 가까운 분화구 둘레길을 한 바퀴 돌아보고 서둘러 하산 채비를 했다.

우리는 평소 빗속의 숲을 만나기가 쉽지 않다. 하루 내내 숲속을 걸었는데 머리부터 발끝까지 비에 푹 젖어 걸어본 적은 어릴 적 이후 처음이었던 것 같다. 다양한 식물 군락지와 여러 종류의 생물들이 공존하는 생태 숲속을 걸어서 그런지 피로하지는 않았다. 대자연 속에서 자연과 함께했던 장장 7시간가량의 우중 산행을 그렇게 마무리했다.

빗속의 신령스러운 서영아리오름

투어를 시작하기 전까지만 해도 비가 내릴 것 같아 걱정하고 약간은 날씨 원망도 해보았지만 아예 비와 함께한다는 마음으로 종일 온몸을 완전히 빗속에 맡기고 걸었더니 또 다른 재미를 만끽할 수 있었다. 제주의 자연에 다시 한 번 감사함을 몸으로 느꼈다.

환경 훼손을 최대한 억제하고 환경을 보존하며 공존하는 방안을 찾는 여행이 일부 사람들 사이에서 유행하기 시작했다. 자연과 함께 지역민의 문화를 배우고 즐기는 여행, 환경윤리를 실천하고 환경에 순응하는 여행이 활성화되어야 한다. 글로벌기업이나 대기업이 관광수익을 독점하는 것이 아니라 지역민들에게 돌아가는 '공정여행'이 유행하기를 바라본다.

에코투어에 동행한 한라일보 기자와 제주 자연환경의 가치와 미래의 바람, 에코투어에 대한 고마움 등을 이야기 나누었는데 나중에 신문에 실명의 인터뷰 기사로 보도되어 좀 쑥스럽고 의아하기도 했다.

7 여름밤 저녁 먹고 클래식 산책

날짜가 여름의 한복판으로 다가갈수록 더위가 기승을 부린다. 제주의 여름은 온도도 온도이지만 습도가 높아 사람이 쉽게 지친다. 이럴 때는 한낮에는 쉬고 시원한 바람이 더운 공기와 습기를 몰아가는 저녁에 움직이는 게 한결 수월하다.

오늘 저녁에는 '아싸 악기의 인싸 명곡'이란 주제로 서귀포 김정문화회관에서 개최되는 제주체임버오케스트라의 정기연주회에 가기로 했다. 지방의 연주단체가 열악한 환경에서 개최하는 공연이고 음악회의 주제가 마음에 들었기 때문이다.

'아싸(Outsider) 악기의 인싸(Insider) 명곡'에서는 많이 알려진 전통 악기와 평소 쉽게 접하지 못하는 하프, 튜바 등 클래식 악기가 어우러져 클래식 명곡을 연주한다. 제주 유일의 현악 오케스트라 제주체임버오케스트라가 '히사이시 조'의 〈썸머〉를 시작으로 〈가브리엘 오보에〉, 〈헨델의 하프 협주곡〉, 〈알함브라 궁전의 추억〉 등 우리 귀에 익은 음악을 연주했다.

친근한 주제와 편한 연주로 관객과 같이 호흡하는 흥겨운 음악회였다. 입장료는 무료이나 연주회가 끝나고 감동받은 만큼 성의껏 성금을 내는 감동 후불제 공연인 점도 특이했다.

조금 일찍 가벼운 옷차림으로 운동화를 신고 음악회에 가기 위해 집을 나섰다. 공연장 근처에서 저녁을 맛있게 먹고 느긋하게 차도 한 잔 마시고 시간 맞춰 공연장에 도착했다. 의외로 사람들로 붐볐고 특히 어린이를 동반한 가족 단위 관람객이 많아 놀라웠다.

다른 음악회와 마찬가지로 시작 분위기는 엄숙했다. 하지만 오프닝 연주가 끝나고 사회자가 등장하면서 분위기가 반전되었다. 재치 있는 사회자가 출연자와 연주 음악을 쉽고 재미있게 소개해 수시로 관객을 웃음의 도가니로 몰아넣었다. 연주자와 성악가들 역시 소개받을 때마다 코믹한 표정으로 관객을 맞았다.

자연스럽게 분위기가 많이 이완되어 조금은 어수선해졌으나

'아싸 악기의 인싸 명곡' 포스터

출연자들의 열정적인 연주는 다른 음악회와 비교해 전혀 손색이 없었다. 오히려 음악을 통해 출연자와 관객이 하나가 되어 친근한 분위기가 만들어졌다. 웃고 즐기는 사이 약 2시간가량의 음악회가 정신없이 지나가버렸다.

클래식은 어렵고 일부 계층의 사람만이 즐기는 음악이라는 인식이 순식간에 바뀌었다. 에티켓만을 강조하는 엄숙한 음악회와는 전혀 다른 분위기로 클래식 음악도 누구나 쉽게 접할 수 있다는 인식의 변화를 불러왔다.

"클래식은 특별한 음악적 소양을 갖춘 사람들이 즐겨 듣는 고전음악이다."

많은 이들이 이런 편견을 갖고 있으며 클래식은 누구나 쉽게 접근하기 어려운 음악이라는 생각이 강하다. 일반인이 클래식 음악회에 잘 가지도 않지만 그래도 간다면 정장을 입고 나비넥타이를 하고 근엄한 자세로 임해야 할 것 같은 분위기이다. 가서도 시종일관 엄숙하게 음악을 감상하고 박수를 치거나 브라보라도 외치려면 주위의 눈치를 봐야 할 것 같다.

그러나 클래식도 마음만 먹으면 누구나 접할 수 있는 대중음악이라고 생각한다. 클래식 음악도 대중으로부터 사랑을 받아야 하므로 형식만 강조하기보다 대중에게 쉽게 다가갈 여건이 마련됐으면 하는 바람을 가져본다. 다행히 최근에는 클래식 음악의 대중화를 위해 실험적인 변신을 시도한 음악회가 여러 곳에서 열리고 있다. 실내만 고집하지 않고 야외로 나가고, 점심시간의 짧은 시간을 활용해 회사 로비에서 연주하며, 지휘자가 직접 해설해주고, 어린이를 동반해도 되는 등 형식이 다양하다.

클래식 음악이 관객을 위해 문턱을 낮추는 노력을 하는 것은 아주 바람직한 현상이다. 관객이 찾지 않는 예술은 생명력을 잃어버려 결코 오래 지속될 수 없을 것이다.

이러한 변화를 상업주의적 발상이라며 강력히 비난하는 칼럼을 읽은 적이 있다. 맞는 말인지도 모른다. 그러나 대중이 찾지 않는 음악은 음악으로서의 가치를 상실할 것이다. 클래식 음악의 핵심 가치를 지켜나가려는 노력은 이해하지만 먼저 대중의 눈높이에 맞게 다가가고 그다음 관객의 눈높이를 높여 클래식을 친근하게 만드는 대중화를 기대해본다.

내가 오래전부터 즐겨 마시는 차(茶)도 클래식 음악과 비슷한 면이 많은 것 같다. 우리의 차 문화는 중국에서 전해져 고려 시대까지 불교 문화와 함께 발전해왔다. 조선이 건국되면서 억불정책에 따라 차 문화도 자연스럽게 쇠퇴의 길을 걸었다. 반면 일본은 조선에서 차와 도자기 문화를 적극적으로 받아들여 독자적인 문화로 발전시키고 나아가 세계적으로 유명한 다도 문화를 확립했다. 이후 우리나라에서는 역으로 일본으로부터 다도 문화를 수입하여 전통 다도 문화로 계승 발전시킨 사실을 부인하고 싶겠지만 많은 부분이 사실이다.

현재 과도하게 격식을 강조하고 고급스럽게 치장하려는 경향의 다도가 통용되고 있어 거부감이 느껴진다는 사람들이 많다. 우아한 한복을 입고 비싼 다기를 준비해 최고의 폼을 잡고 마셔야 한다는 다도 강좌에 사람들이 지레 겁을 먹고 접근조차 하려 들지 않는다. 한마디로 자신들만의 리그를 만들려는 것이 아닐까? 다인들이 몰려다니면서 찻자리를 만들어 자신들만의 독특한 세계를 구축하고 쉽게 차를 마시려는 사람들을 속인 취급하는 국적 없는 다도 문화는 사라져야 한다.

클래식 음악회와 차 문화가 전혀 다른 얘기지만 모두가 형식을 강조하고 격식을 과하게 따지는 문화가 팽배한 공통점이 있다. 물론 계승 발전시켜야 할 전통문화는 충분히 보존되어야 한다. 하지만 시대의 변화에 따라 간편함을 추구해 생활에서 차를 나누는 행위가 평범한 일상이 되고 우리 차가 젊은이들에게 사랑받고 쉽게 찾는 문화로 번성하기를 기대해본다.

간만에 의미 있는 문화를 향유할 수 있어 즐거웠다. 새로운 시도로 또 다른 희망을 엿볼 수 있었던 음악회였다. 많은 감동을 받

'아싸 악기의 인싸 명곡' 연주회가 열린 서귀포 김정문화회관

왔기에 성금도 후불제로 일반 음악회만큼 지불했다.

하나 아쉬웠던 것은 뒷자리에 앉은 중년 부부가 찐한 향수향을 풍겨 많이 고통스러웠다는 점이다. 심지어 중간에는 토할 뻔도 했지만 그나마 분위기가 자유로워 끝까지 겨우 견딜 수 있었다.

8 머체왓·소롱콧 편백숲에서 더운 여름나기

올여름, 만만치 않은 더위가 기승을 부릴 것으로 생각되니 머체왓·소롱콧 숲길이 떠올랐다. 연일 기온이 최고치를 경신하며 폭염이 이어지고 휴가철을 맞아 많은 사람이 제주도를 찾는다. 다들 뜨거운 태양이 내뿜는 열기를 피하려고 바다로 바다로 몰려가지만 그래도 여름날 가장 청량함을 느낄 수 있는 곳은 숲이다.

지난 6월 중순, 아직 한여름이 시작되지는 않았지만 내리쬐는 햇볕의 뜨겁기가 만만치 않았던 어느 날, 일찌감치 찾아온 더위를 피하려 한라산 중산간 지역인 남원읍 한남리에 나란히 위치한 숨겨진 보석, 머체왓·소롱콧 숲길을 찾았다.

나란히 위치한 머체왓·소롱콧 숲길

머체왓은 '돌(머체)로 이뤄진 밭(왓)'이란 뜻이고 소롱콧은 작은 용을 닮았다고 붙여진 이름으로 편백나무, 삼나무 등이 어우러져 아름다운 숲을 이루는 곳이다.

머체왓숲길은 돌담에 아름드리나무와 넝쿨들이 엉켜 있는 곶자왈의 원형이 보존되어 생태관광을 선호하는 사람들이라면 좋아할 만한 탐방로였다. 다른 탐방객이 없어 깊은 숲속에서는 약간 스산한 기운마저 느껴졌다.

소롱콧숲길은 서중천 주변 낮은 동산을 가로지르고 편백나무, 삼나무, 소나무, 동백나무 등 잡목들이 우거진 숲속에 탐방로가 잘 조성되어 있었다. 조용한 산간 마을 안에 깊숙이 숨겨져 있던 숲길이 최근에야 세상에 선보여 아직은 찾는 사람이 많지 않았다. 소롱콧숲길 중간쯤 아름드리 편백나무 아래 만들어진 쉼터에서 피톤치드를 마음껏 들이키며 해 질 녘까지 망중한을 즐겼다. 본격적인 무더위가 시작되면 꼭 다시 찾아와야겠다고 생각하고 흡족한 마음으로 집으로 돌아왔다.

제주에서 생활하면서 아무리 무더운 날씨라도 '에어컨만큼은 켜지 말아보자, 정 힘들면 제주 자연의 힘에 기대어보자'라고 스스로와 약속했다.

《아름다운 삶, 사랑 그리고 마무리》를 쓴 헬렌 니어링은 남편과 함께 자연에서 자급자족하면서 자연에 순응하며 살았다. 최대한 자연에 피해를 끼치지 않으며 자연과 하나되어 산 두 분은 깨끗한 양심과 긍정적인 사고, 자연친화적인 삶이 건강과 행복을 가져다준다고 말했다.

젊었을 때 이 책에서 받은 많은 울림이 내 삶의 표상이 되었다. 퇴직 전에는 실천하기 힘들었지만 이제는 가능하면 흉내라도 내보려고 노력한다. 그래서 살인적인 더위에도 에어컨 없이 살아갈 방도를 찾아 나만의 방식으로 즐기고 있다.

오늘도 더위의 기세가 만만찮다. 오전 10시경인데 벌써 기온이 40도를 육박한다. 에어컨 없이 집에서 견디기가 힘들어 점심

몸과 마음이 시원해지는 숲길 탐방로

요깃거리와 간식, 그리고 책과 휴대용 스피커를 챙겨 소롱콧 편백낭 쉼터로 향했다. 낭은 제주 말로 나무라는 뜻이다.

피톤치드가 풍부한 편백나무와 삼나무 아래 숲길은 사시사철 사람들에게 사랑을 받지만 피톤치드는 7~8월 여름에 최고치에 달하고 그중에서도 편백나무 숲이 더 많은 피톤치드를 뿜어낸다고 한다. 코끝에 와 닿는 은은한 편백향은 온몸에 쌓인 스트레스를 날려 보내 머릿속까지 시원하게 만든다.

소롱콧의 탐방로 입구에서 서중천을 따라 편백낭 쉼터까지의 길은 숲속 그늘이었으나 워낙 날씨가 더워 탐방로를 따라 오르는 동안 흐르는 땀을 주체할 수가 없었다. 편백낭 쉼터에 들어서니 한낮인데도 주위가 약간 어두울 만큼 우거진 숲이 청량한 바람으

로 우리를 맞이한다. 아름드리 편백나무 숲속에 만들어진 최고의 쉼터가 찾는 사람이 없어 온전히 우리만의 차지가 된다. 편백나무 숲은 에어컨 같은 냉기가 아니고 은은하고 부드러운 시원함을 온몸에 전한다.

숲속 평상에서 땀을 식히며 김밥과 삶은 고구마로 간단히 요기하니 순식간에 더위가 날아가 버린다. 쭉쭉 뻗어 하늘을 가린 편백나무 아래 평상에 누우니 간간이 비치는 햇살이 오히려 포근하게 느껴진다.

한동안 책을 읽고 있으니 어느새 한기가 몰려와 바람막이 겉옷을 입고 다시 누워본다.

조용한 음악을 들으며 숲이 선사하는 나무향을 즐기니 신선이라도 된 기분이었다. 산들바람이 살랑살랑 부채질하듯 불어오니 아내랑 함께 잠이 들어버렸다. 불현듯 온몸에 한기를 느껴 깨어보니 그새 시간이 많이 지나가 버렸다.

편백나무에서 뿜어져 나오는 향기의 영향인지 모르지만 숲속 평상에서 몇 시간을 머물렀는데 이상하리만큼 여름의 불청객인 모기와 벌레를 볼 수가 없었다. 더할 나위 없이 좋은 피서였다.

오후가 되니 서쪽으로 기운 햇살을 받은 나무숲이 몽환적인 분위기마저 연출했다. 별천지가 따로 없었다. 소롱콧 편백낭 쉼터가 별천지였다.

'이 숲이 주는 사랑을 우리끼리만 즐겨도 되나?'

이런 생각이 들 정도였다. 지나가는 시간의 아쉬움을 남겨두고 자리를 떴다.

난대림이 울창한 숲과 원시림이 많이 보존된 곶자왈은 그 오랜 시간 동안 수많은 생명이 태어나고 싹을 틔우며 제주의 허파가 되고 삶의 근원이 되어주는 곳이다. 특히 머체왓·소롱콧 숲길은 50여 년 동안 사람의 손길을 타지 않다가 이제야 세상에 모습을 드러냈기에 가장 원형이 잘 보존되어 있다. 바쁘면 빠른 걸음으로, 한가하면 느린 걸음으로 숲길을 걸으며 즐거움을 만끽하고 삼림욕을 경험해보자.

더운 여름날 숲과의 교감을 통한 힐링과 행복이 우리 가까이에 있다는 걸 깨닫는다.

9 해녀의 부엌에서 해녀들의 삶을 알아가다

연일 8월의 폭염이 계속되지만 제주에서의 생활에 거의 젖어들어 나름의 방식으로 즐거움을 만끽하며 인생 최고의 황금기를 보내고 있다.

이제 큰길보다는 작은길, 샛길, 남들이 안 다니는 길 찾기에 도사가 되었다. 큰길에서 조금만 안쪽으로 들어가도 제주는 또 다른 모습을 보여준다. 제주도 안내 책자는 진즉에 내려놓고 이웃의 조언이나 스스로 정보를 찾아 새로운 즐거움을 발굴해간다.

버스를 이용할 때 바쁘지 않으면 급행보다는 완행을, 승용차를 이용해 드라이브를 할 때도 가능하면 큰길에서 비켜나 있는 해안도로를 달리기를 좋아한다.

내가 사는 서귀포 표선은 한라산을 기준으로 제주의 동남쪽에 해당한다. 그렇기에 제주의 동쪽 해안 김녕 → 월정 → 세화 → 종달 → 성산으로 이어지는 해안도로를 특히 자주 찾는다. 비췻빛 바다가 아름다운 김녕해변, 햇빛에 비쳐 황금빛을 발하는 월정해안, 풍력발전기가 만들어내는 이국적인 행원 풍차단지, 그림 같은 세화해변 그리고 우도와 성산 일출봉이 손에 잡힐 듯한 종달에서 성산을 이어주는 해안도로는 아무리 달려도 싫증이 나지 않는 해변 일주로이다.

제주의 동쪽 해안을 지나다니면서 '해녀의 부엌'이란 조그만 간판이 붙은 허름한 창고 같은 건물을 자주 보고 다녔다. 항상 뭐 하는 곳인지 궁금해했는데 얼마 전 지인이 설명해줘 그 건물의 정체를 알았다.

제주도에서 사회·경제적 일자리 창출을 지원하는 마을사업의 일환으로 청년 예술인들이 바닷가에 쓸모없이 방치된 건물을 활용하여 지역민과 함께 문화사업을 추진하는 곳이었다. 청년들은 해녀들과 힘을 합쳐 해녀의 삶을 보여주는 연극을 올리고 직접 잡아 온 해산물로 음식을 만들어 팔았다. 이 건물은 20년 전 생선을 경매하던 활어 위판장이었는데 폐건물로 버려졌다 복합문화공간으로 재탄생했다.

종달해변에 있는 복합문화공간 '해녀의 부엌'

청년 예술인이 지역민과 함께 전통문화를 바탕으로 일자리를 창출하고 지역의 문화를 계승 발전시키며 나아가 현지 생산물 판매로 지역 경제 활성화 효과까지 만들어내는 성공적이고 모범적인 사업이었다. 특히 건설을 위주로 하는 하드웨어적인 사업이 아니고 소프트웨어적인 사업이라 더욱 공감되었다. 의미가 깊어 호기심이 생기고 가보고 싶은 마음이 간절했다. 여러 번 예약에 실패하다가 오랜 친구 병철이 부부가 제주에 오는 시기에 맞춰 용케 예약에 성공했다. 친구 부부가 탄 비행기가 날씨 탓에 늦게

해녀의 부엌에서 즐긴 공연

도착하여 겨우 공연 시작 시간에 맞춰 입장했다.

겉으로 보면 바닷가에 오랜 세월 방치된 폐창고 같았는데 막상 안으로 들어가니 과하지 않게 실제 해녀들이 사용한 물품을 활용하여 자연스러운 해녀들의 공간으로 꾸며져 있었다. 전체적으로 오래된 것과 새로운 것을 적절히 배치해 투박하면서도 세련되고 신선했다.

먼저 관람자들의 심금을 울리는 짧지만 여운이 많이 남는 봉순이 삼촌의 해녀 일상과 바다에서 겪는 이야기가 공연으로 펼쳐진다. 다음으로 해녀들이 직접 나와 자신들이 잡은 해산물을 설명해주셨다. 자연스럽게 즐거운 식사시간으로 이어졌다. 종달리 앞바다에서 해녀들이 직접 채취한 해산물을 손수 요리해서 뷔페 형식으로 제공했다. 식사하면서 궁금한 사항을 해녀분들에게 질문했고, 해녀분들은 고향 어머니의 정성으로 맛있는 해산물을 권하며 이야기꽃을 피웠다. 식사비는 그렇게 싸지 않았지만 해녀분들의 정성을 느낄 수 있었고 전체적인 스토리텔링이 정겨워 특별한 대접을 받는 느낌이었다.

식사가 거의 끝날 무렵, 88세 최고령 해녀 권영희 할머니를 비롯하여 현직에서 활동하는 해녀분들과 대화하는 시간을 가졌다. 구수한 제주도 사투리로 신나게 제주도와 해녀의 삶을 이야기해 주셨다. 당신들의 삶을 이해하고 애환을 느낄 수 있는 이야기여서 가슴에 잔잔한 감동의 물결이 밀려 왔다. 고령의 해녀분들과의 시간이 어쩌면 지루할 수도 있지만 열여섯 살부터 평생 물질을 해왔다는 그분들의 얘기는 단순한 넋두리가 아니라 힘들게 살아오신 내 어머니의 이야기로 들렸다. 참으로 의미 있는 공연과 식사였다. 지난번 다녀왔던 해녀박물관을 다시 가봐야겠다는 생각이 문득 들었다.

대부분의 행사가 끝나자 동행한 친구 아내인 정기 엄마가 오만 원 지폐를 꺼내 꼬깃꼬깃 접어 아무도 모르게 살짝 최고령 해녀 할머니께 용돈으로 드렸다. 할머니는 쑥스러워 잠시 주춤하시더니 이내 기쁜 마음으로 받으시고 주위 사람들이 다 들을 수 있는 큰 소리로 감사하다는 인사를 몇 번이나 하셨다. 정기 엄마와 우리 일행이 오히려 무안해질 정도로, 순박함을 덤으로 선물 받은 기분이었다. 고봉순 해녀 할머니는 자신들의 애환을 진솔하게 얘기하고 서로 공감할 이런 기회가 주어져서 무엇보다 살맛 난다고 이야기하셨다. 오래 기억으로 남을 것 같은 밤이었다.

제주를 한 꺼풀 더 알아낸 느낌이다.

10 31년 만에 백록담을 다시 만나다

"기술인은 조국 근대화의 기수"

1970년대 경제개발 5개년 계획으로 우리나라가 가일층 산업화를 추진할 때 내걸었던 기치이다. 나 또한 어린 마음이지만 기술 역군이 되겠다는 사명감을 갖고 공업계 고등학교로 진학했다. 당시는 어디든 인력이 부족했기에 졸업하기도 전에 취직했지만 자꾸 다른 꿈이 떠올라 나를 힘들게 했다. 결국 회사를 그만두고 일찌감치 군대에 자원했다.

제대 후 대학에 진학하고 싶었지만 공부할 돈이 없었다. 나뿐만이 아니라 당시에 가난했던 우리나라의 많은 청년에게 공부는 사치였다. 논과 밭, 송아지를 팔아야 간다는 대학 아닌가. 그러나 공부만이 살길이라는 생각에 낮에는 공장에 다니고 야간에 틈틈이 대학 입시공부를 적지 않은 나이에 시작했다.

숱한 어려움을 헤치고 그렇게도 원했던 지방대학의 법학과에 진학할 수 있었다. 여전히 형편이 어려웠기에 주간에는 학비와 생활비를 벌고 주로 야간에 수업을 들었다. 참 억척스럽게 학교를 다니면서 법학도라면 누구나 갈망하는 고시에 대한 꿈을 부여잡고 치열하게 공부했다.

그럭저럭 3학년이 되었을 때 아버지가 병원에서 시한부선고를 받으시고 마지막 소원이라며 갑자기 내게 결혼하라고 종용하셨다. 조금도 예상하지 못한 결혼 얘기에 처음에는 완강히 버티다가 가족 모두의 설득으로 대학 3학년 스물여덟 살 나이에 갑자기 아무 준비 없이 결혼하게 되었다.

가난뱅이라 결혼식 비용조차 마련하기 힘들어 역시 넉넉하지 못한 아내의 도움을 받아 아주 조촐하게 결혼식을 했다. 당시 인기 신혼 여행지였던 제주로의 신혼여행은 우리에게는 상상도 못할 사치였다. 집에서 가까운 창녕 부곡온천에 있었던, 지금은 없어진 '동원장 여관'에서의 1박으로 신혼여행을 대신했다. 그리고 학교 아래 오래된 주택의 부엌 딸린 단칸방에서 소꿉장난 같은 신혼생활을 시작했다.

환경은 열악했지만 직장 생활을 하던 아내 덕분에 그제야 학비 걱정 없이 오로지 공부에만 전념할 수 있어 나에게는 엄청난 행운이었다. 그렇게 아버지는 우리의 결혼 생활을 보시고 눈을 감으셨다.

1년이 흐른 뒤, 난생처음 친구 부부랑 배낭 메고 제주 땅을 밟을 기회가 생겼다. 부산에서 배를 타고 밤에 출발해서 새벽에 제주항에 도착, 협재해수욕장에서 야영하고는 영실을 출발하여 윗세오름을 거쳐 백록담을 다녀왔다. 시간상으로나 금전적으로 결코 여유롭지 않았지만 내 젊은 날의 앨범에서 빛나는, 그야말로 낭만적인 여행이었기에 아직도 그때의 기억이 생생하다. 신혼여행의 아쉬움조차 다 떨치게 되었다.

그리고 오늘, 정확하게 31년 만에 한라산을 다시 찾았다.

정상에서 은하수[漢]를 잡아당길[拏] 수 있는 산이란 뜻의 한라산, 남한에서는 제일 높고 남북한 다 합쳐도 두 번째로 높다. 두모악, 영주산, 부악, 원산, 선산 등으로 불리기도 했는데 제주의 중심에 우뚝 솟아 있어 제주 어디에서나 보인다. 제주의 중심을 지켜주는 어머니 같은 존재이다.

나는 제주에서 생활하기 전부터 한라산에 막연한 경외심을 갖고 있었다. 31년 전 추억을 소환하여 마침 구름 한 점 없는 뜨거운 여름날, 혼자 백록담을 만나러 갔다.

평이한 코스인 성판악에서 시작해서 사라오름을 거쳐 백록담까지 올라가고 하산할 때는 경치가 아름다운 관음사 코스로 내려오기로 계획했다. 31년 만의 한라산 등반이라 설레는 마음으로 물과 떡 두 조각을 점심으로 챙겨 등산화 끈을 동여매고 상쾌한 마음으로 출발했다. 조금 이른 시간임에도 하늘에서는 아침부터 강한 햇살이 내리쬐고 있었다. 하지만 탐방로 숲길에 들어서니 더위는 어느새 사라지고 약간의 한기마저 느낄 정도로 아침 숲속 공기가 상쾌했다.

속밭대피소에 사람이 붐볐으나 혼자라 쉽게 한적한 구석 자리를 잡을 수 있었다. 가져간 떡으로 요기하면서 친구랑 영남알프스에 갔을 때 보온병에 담은 뜨거운 물을 부어 먹은 즉석 라면 맛이 떠올라 나도 모르게 엷은 미소가 흘러나왔다. 조그만 방아쇠에도 당겨져 시도 때도 없이 불려 나오는 추억이 많으면 나이가 들었다는 증거라고 하지만 이것이야말로 내 삶의 증거가 아닐까 싶었다. 점심 요기를 끝내고 즐거운 마음으로 사라오름까지 거침없이 올랐다.

사라오름은 해발 1,325m에 위치하고 분화구에 물이 가득 고인 산정호수이다. 사라오름에 오른 순간 갑자기 눈앞에 태고의 자연을 간직한 거대한 호수가 펼쳐졌다. 한동안 입을 다물지 못했다.

"아니, 이렇게 높은 산에 이런 호수가?"

햇빛이 호수 표면에서 부서지며 반짝반짝 빛을 발했다. 호수를 지나 전망대에 올랐다. 서귀포 쪽으로 바라보는 순간 파노라마 같은 장관이 펼쳐져 탄성이 절로 나왔다.

백록담이 그리 멀지 않은 거리에 우뚝 솟은 느낌이라 빨리 올라가고 싶은 마음뿐이었다. 호수의 아름다움은 가슴과 머리로 간직하고 가벼운 마음으로 정상을 향해 출발했다.

한여름이었지만 사방에서 시원한 바람이 불어오고 정상의 하늘은 동서남북 어디를 봐도 구름 한 점 없이 청명했다. 백록담이 벌거벗은 모습으로 고스란히 눈앞에 드러났다. 며칠 전 내린 비로 물을 가득 머금은 백록담의 모습이 힘겹게 올라온 사람들에게

태고의 자연을 간직한 산정호수 사라오름

백록담

최고의 아름다움으로 보상하고 있었다.

백록담에서 바라보는 분화구와 그 주변 모습이 너무 맑아 눈이 부실 정도였다. 구석 자리 조용한 곳에 자리 잡고 한참 동안 멍하니 백록담과 바다 같은 푸른 하늘을 마음껏 즐겼다.

31년 전에 보았던 백록담은 그 자리에서 변함없는 모습으로 묵묵히 나를 맞아주었다. 강산이 세 번이나 변한 긴 시간이 지났는데도 자리를 지킨 백록담을 보면서 '부질없는 생각들을 좀 내려놓고 살면 얼마나 좋을까?'라는 생각을 한다. 쉼을 찾아 제주를 찾아온 스스로를 격려하고 싶어졌다.

하산길인 관음사 코스는 앞으로 제주 시내와 확 트인 바다, 뒤로는 아름답기로 유명한 왕관릉과 북쪽의 장엄한 능선의 화려함이 극치를 이뤘다. 볼거리가 많아 혼자서도 지겹지 않게 내려올 수 있었다. 웅장한 북쪽 화구벽의 신비스러운 모습이 자꾸 발길을 멈추게 하여 하산을 더디게 한다.

초등학생으로 보이는 어린이와 함께 산을 오르는 부모가 내게 정상까지 얼마나 더 가야 하는지 물어왔다. 어린이가 대견스럽기도 하고 안쓰럽기도 해서 격려의 말을 대답으로 대신했다.

"얼마 안 남았습니다. 조금만 힘내면 최고의 백록담을 볼 수 있어요."

위 하산길을 더디게 하는 아름다운 한라산 북쪽 면
아래 백록담 정상에 붐비는 사람들

가을 어느 날, 여행 온 조카 현수랑 한라산에 올랐다. 다시 만난 백록담은 더욱 신비로웠다. 정상에 사람들이 너무 많아 백록담 근처에는 발 디딜 틈조차 없었다. 얼른 백록담을 보고는 막 올라오는 사람들에게 자리를 내주었다. 조금 떨어진 자리에 앉아 두 눈에 백록담의 아름다운 모습을 한참 동안 담았다.

백록담 표지석에는 오늘도 여지없이 사진을 찍기 위한 탐방객들이 긴 줄을 섰다. 줄 서기가 싫어 매번 그냥 멀리서 사진을 찍고 내려갔지만 오늘은 현수가 있기에 우리도 줄을 섰다. 그런데 우리 앞에 선 "의장님, 의원"이라는 호칭을 서로 사용하는 50대 중후반의 남성 일행 예닐곱 명이 젊은 커플에게 사진을 오래도 찍는다고 큰 소리로 짜증을 내고 구시렁거린다.

그들의 추태에 내 얼굴이 화끈거렸다. 젊은 커플은 전혀 아랑곳하지 않고 번갈아 포즈를 취하면서 오히려 더 오래 사진을 찍고 비켜준다. 젊은 커플의 멘탈이 놀라웠다. 찬사를 보내고 싶었고 왠지 내가 다 후련한 기분을 느꼈다. 어렵게 올라온 백록담에서 좋은 추억을 담아가려는 젊은이들에게 꼭 그렇게 횡포를 부려야 하는지. 그냥 몇 초 더 기다려주면 되는데….

내 앞에서 본인들은 더 오랫동안 사진 찍는 걸 보니 불쾌한 마음을 금할 수가 없었다. 자신들은 더 많이 떠들고 더 오래 자리를 차지하고 더 많이 찍더구먼…. 그러니 젊은이들에게 꼰대라는 얘기를 듣지. 한라산 정상에 올라 날아갈 듯 상쾌했는데 그 사람들에게 뭐라고 말하고 싶은 걸 참느라고 내 기분을 망치고 말았다.

올 때마다 자신의 모습을 온전히 내어주니 내가 백록담을 좋아하는 만큼 백록담도 나를 좋아하는 모양이다. 백록담에게 고맙다는 마음을 가지면서 '역시 나는 참 운이 좋은 사람인 모양이다'라는 생각으로 언짢았던 마음을 스스로 다독이며 하산하기 시작했다. 오를 때 살짝 얼음이 언 탐방로가 하산길에는 내리쬐는 햇볕에 녹아 큰 불편이 없었다.

내려오니 또다시 오르고 싶은 마음을 금할 수 없으나 이제 겨울이라 쉽지 않아 많이 아쉽다. 동행한 현수가 '함께 한라산을 올랐던 게 좋은 추억으로 남을 것 같다'기에 나도 덩달아 기분이 좋았다. 이후로 좋아하는 한라산을 혼자 또는 방문하는 지인들과 몇 번 더 올랐지만 그래도 또 가고 싶다.

3장

가을

일상에 무뎌짐과
호기심이 식는 느낌이 찾아온다.
조바심에 살짝 권태도 느껴진다.
글을 쓰기 시작한다.
새로운 세상에 적응하며
살아야 할 힘을 찾는다.

1 태풍이 지나간 자리

태풍이 지나가는 이틀 동안, 꼼짝없이 집에 발이 묶여 지냈다. 집 안에서 느긋하게 차를 내려 마시며 한껏 감성에 젖어 책을 읽고 글을 썼다.

시골에서 자라고 결혼 후 회사에 입사하기까지 치열하게 살아오면서 학습, 취업과 관련 없는 책을 읽을 여유를 전혀 가져보지 못했다. 그래서 서른 살 즈음까지 심지어 만화책마저도 펼쳐본 경험이 거의 없다.

회사에 입사하고 여유가 생겨 책을 접하기 시작했고 내 내면에 책을 좋아하는 성향이 있었는지 다방면의 책에 손을 뻗었다. 처음에는 주위 동료들이 많이 보는 책을 주로 읽다 차츰 나만의 독서 성향이 생겼다. 주로 교육, 환경, 철학(종교), 사회과학 등의 책과 평소 즐기는 차, 도자기 관련 서적을 많이 좋아하는 반면 경제, 경영, 과학, 예술, 처세술 등은 흥미를 별로 느끼지 못한다.

독서는 꽤 오랫동안 즐겼지만 글쓰기는 어렵고 두려운 것으로 여겨 적극적으로 시도해보지 못했는데 제주에서의 생활이 내 감성을 자극해 처음으로 펜을 들었다.

창밖의 태풍을 보며 글을 쓰는데 태풍과 관련된 어릴 적 추억이 떠오르며 고향 풍경이 그리워졌다.

어릴 적 초가을에 태풍이나 강한 비바람이 밤사이 지나면 아침 일찍 눈을 뜨자마자 대추나무와 감나무가 많은 친구 집으로 달려갔다. 친구와 그 가족의 눈치를 보면서 친구에게 출입을 허락받으면 곧장 대추나무 아래로 달려가 비바람에 떨어진 대추를 주워왔다.

태풍이 지나갈 즈음의 대추는 맛이 들 때라 바람에 떨어져 바닥에서 주운 대추라도 그렇게 맛있을 수가 없었다. 집에 가져가면 할머니께서는 그중에 제일 실하고 좋은 것은 추석 차례상에 올린다고 따로 챙겨놓으시고 그다음 것은 저녁에 집에 오시는 할아버지께 드리고 나머지는 할머니가 간식으로 조금씩 나눠주셨다.

감나무 아래에서는 지난밤 비바람에 떨어진, 아직 맛은 들지 않아 떫지만 제법 큰 감을 주울 수 있었다. 할머니께서는 그 감을 소금물 단지에 며칠을 담가 떫은맛은 없어지고 짭조름한 맛이 나게 만들어주셨다.

그때는 어린 마음에 어른들의 심정은 아랑곳하지 않고 떨어진 대추와 감을 주우려고 태풍이나 비바람이 오기를 기다렸다. 당시 친구의 부모님은 비바람에 과실이 떨어진 것을 속상해하셨을 텐데 그 과실을 주우며 마냥 즐거워하는 옆집 아이들을 바라보면서 어떤 마음이었을까? 그냥 옆집에 사는 철없는 애들이니까… 하고 말았을까? 참 많이도 미웠겠지? 그분들은 모두 돌아가시고 안 계시는데 괜히 미안해진다.

어김없이 찾아온 태풍이 당초 예상과는 달리 제주도 옆을 지나 서해안을 거쳐 북한 쪽으로 상륙하여 한반도를 빠져나갔다. 역대급 태풍으로 농작물 훼손, 항만 시설 일부 파손, 집단 정전 등의 피해가 있었지만 걱정했던 것보다 피해가 적어 모두 안도의 숨을 쉬었다.

태풍이 지나갈 때 쏟아지는 비와 바람 소리에 잠을 설치기도 했다. 칠흑 같은 밤, 창밖에서는 나무들이 꺾일 듯 심하게 흔들리면서 태풍이 지나가고 있음을 알린다. 창문을 사이에 두고 밖은 전쟁 같은 상황이 벌어졌지만 집 안은 소리만 요란할 뿐 아무 변화가 없다. 그렇게 시간은 흘러 어김없이 아침을 맞았다.

태풍이 지난 바닷가, 아직도 파도가 거칠다

바람도 잠잠해지고 정신없이 내리던 비도 소강상태로 제주도는 태풍의 영향권에서 서서히 벗어나고 있었다. 검은 먹구름으로 가득했던 하늘이 조금씩 열렸다. 오후에는 태풍 뒤끝의 바람만 남아 기승을 부린다.

한 번도 직접 보지 못한 태풍 끝 바다의 모습이 궁금해서 해비치해변으로 달려갔다. 집을 나서니 마을 앞 저만치에 어릴 적 보았던 무지개가 걸려 있다. 지금까지 보았던 무지개 중 가장 선명해 동화 속 풍경 같았다.

태풍이 지나고 드러난 파란 하늘

강한 바람은 쉽게 잦아들 줄 모르고 힘차게 불어댄다. 집에서는 바람을 그렇게 많이 느끼지 못했는데 바다에서는 아직도 사나운 파도가 세상을 집어삼킬 듯 거세게 일고 있었다. 세차게 부는 바람에 집채만 한 파도가 해안가 바위에 부딪혀 하얀 물보라로 덮혔다. 흔치 않은 모습을 카메라에 담아보려 노력했지만 역부족이었다. 카메라가 아닌 그냥 내 눈과 귀를 통해 기억 속에 선명하게 저장하는 수밖에 없었다.

태풍의 꼬리에서 불어오는 바람이 무더위를 날려 보냈다. 구름 사이로 비치는 선명한 햇살조차 뜨거움이 아닌 따사로움으로 느껴진다. 시원한 바닷가에서 태풍이 지나간 흔적들을 한참 동안 감상했다. 멀리 보이는 해수욕장에서는 성급한 사람들이 벌써 얕은 곳에서 물놀이를 즐기고 있었다. 해수욕장 주차장에는 어느새 허 씨 차량들이 모여들었다. 여행 온 사람들이 밤새 마음을 졸이다 태풍이 물러나니 일제히 뛰쳐나온 모양이다. 각자의 방식대로 태풍이 지나간 제주를 즐기는 모습들이 태풍과는 전혀 어울리지 않게 아름답고 낭만적으로 보였다.

집으로 돌아오는 길에 보니 부지런한 사람의 집 슬래브 옥상에는 어느새 빨래가 널려 있다. 어느 집 담장 아래에는 그렇게도 심한 비바람을 이겨낸 꽃들이 태풍이 지나간 줄 모를 정도로 생생한 모습으로 사람들에게 기쁨을 선사한다. 언제 태풍이 다녀갔나 싶은 평온한 시골 마을의 풍경이 한없이 평화롭다.

바람이 먹구름까지 몰아내었는지 눈이 부실 정도의 파란 하늘이 모습을 드러내어 태풍에 졸였던 가슴을 위로한다. 뭉게뭉게 떠 있는 하얀 구름 역시 반갑다. 끝없는 지평선 위의 뭉게구름은 불어오는 바람에 따라 바쁘게 흘러 다닌다. 유난히도 맑고 선명하게 보이는 한라산 백록담에도 어김없이 새하얀 옷을 입은 듯한 구름이 모여들어 신이 깃드는 모습 같다.

어젯밤 비바람에 그렇게도 요동쳤던 밤하늘에 어둠이 내려앉으니 별들이 총총하게 빛난다. 갑자기 세상이 너무 고요해져 적막감마저 돈다. 달은 오늘따라 더 높이 떠 있는 느낌이다.

집에 도착하니 대문 앞에 한 무더기의 청귤이 놓여져 있다. 제주에서 사귄 아내의 친구가 유기농으로 재배하는 감귤 농장에서 청귤 솎기 작업을 했다며 두고 간 것이다. 청귤청을 만들기 위해 면소재지에 가서 설탕과 유리병을 사 왔다. 먼저 식초와 베이킹 소다를 섞은 물에 한참을 담갔다가 여러 번 헹궈 청귤을 닦고 일정한 두께로 썰었다. 적지 않은 양이라 손목이 아플 정도였다.

설탕에 버무린 청귤을 열탕 소독한 유리병에 차곡차곡 담았다. 난생처음 경험했지만 아주 재미있었다. 며칠 지나면 맛있는 청귤 차를 맛볼 수 있겠지.

시간의 흐름이 참 위대하다고 느껴진다. 아직은 서툰 솜씨이지만 집에서 칼질하는 스스로가 별로 어색하지 않다. 그렇게도 단단했던 생각들이 시간 앞에서는 어김없이 힘이 빠지고 만다. 그리고 신기하게도 소소한 일들에서 흥미를 느낀다. 항상 그 자리에 있었지만 여태까지 느끼지 못했던 작은 즐거움이 삶의 여유를 찾고 조금 천천히 나아가니 보이기 시작했다. 빠르게 달려오느라 놓친 것이 얼마나 많았을까? 그러면서 강팍해진 감정도 시간에 녹아내리고 넉넉함이 그 자리를 차지한다.

새로 시작한 삶, 더 많이 작은 일에 공감하고 울고 웃는 여유로움이 있기에 마음만은 자꾸 부자가 되어간다.

2 비 오는 날 비자림숲에서 놀다

시골에서 자란 나는 비를 마냥 싫어하지만은 않는다.

어릴 적 봄부터 가을까지는 학교 갔다 오면 어김없이 들에 나가 부모님의 농사일을 거들어야 했고 쇠꼴도 베어야 했다.

고등학교 때는 왕복 40km를 매일 자전거로 등하교했다. 아무리 꽁꽁 둘러싸도 매서운 칼바람 속에 자전거를 타고 집을 나설 때의 스산한 그 기분, 지금 생각해도 끔찍할 정도로 싫다.

더운 날 자전거를 타고 달릴 때는 시원해서 기분이 좋으나 1시간 이상을 달려 학교에 도착하면 온몸이 땀으로 범벅이 된다. 그러면 1~2교시 수업은 듣는 둥 마는 둥 지나간다. 그때는 버스를 타고 다니는 부잣집 친구들이 그렇게도 부러울 수가 없었다.

비가 내리는 날에는 학교 갔다 와서 일하러 들에 나가지 않아도 되고 고등학교 때는 부모님에게 차비를 받아 비좁지만 버스를 타고 편하게 학교에 갈 수 있어 비가 마냥 싫지는 않았다. 부모님의 마음은 아랑곳하지 않고 철없이 비를 기다렸는지 모르겠다.

그렇게 여름비는 내게 나쁘지 않은 기억으로 남아 있다.

가을이 시작되는 9월 초순인데 장마가 열흘 이상 지루하게 계속되고 있다. 잦은 비로 최근에 심어서 싹이 나기 시작한 당근과 무가 뿌리째 드러나 온전한 밭이 거의 없어 안타까웠다. 한창 익어가는 감귤에는 생각지 못한 병충해가 심해졌다. 농민들은 올해 당근과 무 농사는 망쳤고 겨울에 수확 예정인 감귤은 당도가 낮아져 상품성이 매우 떨어질 것이라고 다들 걱정이다. 반갑지 않은 태풍까지 찾아와 약 2주 동안 비가 계속되고 있다.

나 또한 난감하다. 뭘 해야 하지?

비가 오는 날에는 시내 영화관에서 영화도 보고 미술관, 박물관을 찾거나 오일장에 놀러 가 사람들을 구경하고 군것질도 한다. 이것도 저것도 하기 싫으면 집에서 TV와 책과 함께 뒹굴뒹굴 지낸다. 그러나 며칠씩 계속되는 비에는 속수무책이다. 오늘은 뭘 할까 고민하다가 내 버킷리스트에 오르지는 않았지만 줄곧 가슴에 담아두었던 우비 입고 하염없이 비를 맞으며 비자림숲길 걷기를 하기로 했다. 우비를 챙겨 비자림으로 향했다.

'비가 와서 사람이 별로 없겠지.'

예상은 빗나갔다. 빗속에 비자림을 찾은 사람들이 생각보다 많았다. 모처럼 여행 온 관광객들이 숙소에만 있을 수 없으니 비 오는 제주를 즐기려 우산을 쓰고 비자림숲을 찾은 것 같았다. 바람과 비를 동반한 숲길 걷기가 만만찮으니 조금 걷다가 되돌아가는 사람이 대부분이라 숲속으로 들어가니 탐방객이 없어 비자림숲 전체가 온전히 우리 차지가 되었다.

숲길 탐방로 바닥이 화산송이로 되어 있어 맨발로 걷기에 참 좋겠다는 생각에 호기롭게 양말과 신발을 벗었다.

"그래, 평상시는 사람들이 많아 민폐가 될 수 있으니 맨발로 천천히 걸을 수 없잖아. 비가 오면 걷는 사람이 적어 맨발로 걷기에 안성맞춤이지."

그러나 얼마 걷지 못하고 발이 아파 이내 포기하고 말았다. 무안한 마음에 얼른 양말과 신발을 신었다. 곁에 있던 아내가 변덕스럽고 엄살이 심하다고 핀잔을 한다.

비자나무는 예로부터 향이 유명하다. 비를 맞은 비자나무 숲에서 '비자림' 하고 소리 내어 말하면 향기가 날 듯 싱그럽다. 가볍게 걷기 좋은 곳이라 자주 찾는 비자림을 비를 맞으며 들어서니 비자나무들이 아는 사람이라며 반갑게 맞아주는 것 같아 나도 즐거운 마음으로 인사를 건네본다. 오늘따라 비자림 탐방로로 들어

위 비를 맞으며 맨발로 비자림 속으로
아래 비를 맞은 돌담

가는 입구 길옆의 돌담이 비를 맞아 반짝거려 색다른 운치를 선사해준다.

초록의 색감이 더해진 잎들은 한층 더 울창한데 비까지 맞으니 자연 그대로의 생명력이 생생하다. 바람 소리도 잦아들고 새소리조차 들리지 않는 비자림에는 오로지 나뭇잎 위로 떨어지는 빗소리만 후드득 후드득 요란하다. 그런 숲속을 조용히 걷는 내 마음에 평화가 깃든다.

지금

여기의

나

이만하면 참 행복하다는 생각이 갑자기 든다. 그래, 모든 것이 생각하기 나름이다.

'앞으로 뭘 어떻게 해야 할까?'

이런 걱정도 어쩌면 사치일지도 모르겠다. 생각 없이 사는 건 아니겠지만 지금에 만족하고 그냥 주어진 인생 그냥 재미있고 행복하게 살아야겠다는 단순한 생각이 강렬하게 떠오른다.

비자나무 숲속에 일렁이는 바람이 나무 향과 흙과 풀잎 냄새를 코끝에 전해주어 뇌를 맑게 청소해주는 기분이다. 비를 머금은 비자열매의 향기는 더욱 찐하다. 숲속의 작은 나무들이 비를 맞아 각자의 향기와 한층 더 진한 초록빛을 내 눈에 선사한다. 키 큰 비자나무 아래서 어렵게 해를 보고 자란 상산나무도 비를 맞아 향기를 뿜어내며 제 존재를 뽐낸다. 저 멀리 보이는 숲속은 옅은 안개가 내려 신비로운 모습을 연출하고 있어 몽환적인 기분마저 들었다. 숲으로 더 깊이 들어가 안개 속에 비를 맞은 나무에 붙은 이끼를 보니 원시림 같은 태고의 신비감이 느껴진다.

나뭇잎들이 비를 맞으며 한껏 생명력을 뽐낸다

촉촉하게 내리는 비를 맞으며 걷는 걸음이 부담스럽지 않았고 걸으면서 심호흡을 하니 폐부 깊숙이 전해지는 맑은 공기가 심신의 찌든 때를 말끔히 씻어낸다.

비 오는 숲속 길에서 나뭇잎에 떨어지는 비와 함께 걷는 걸음은 사색하기에 안성맞춤이고, 사랑하는 사람과 대화를 나누면서 걷는다면 사랑을 배가시켜 줄 것이다.

새들의 노랫소리가 없어 조금은 아쉬웠지만 더위마저 말끔히 날려 보낸 초록숲에서 계속 머물고 싶은 마음 금할 수 없을 정도로 행복 충전, 오감 만족의 하루였다. 비를 맞으며 걷는 비자림에서의 하루는 마음도, 시야도, 걸음까지도 상큼했던 순간들이었다. 우산도 좋지만 우비를 입고 두 팔을 자유롭게 흔들면서 걸어보자. 자유로운 영혼이 된 기분일 것이다.

제주에서 비가 오는 날에는 어디로 갈까?

비를 맞으며 숲속을 거닐 수 없을 정도로 많이 내리면 지체없이 엉또폭포로 달려가고 그렇지 않으면 비자림으로 달려가야 한다는 것을 제주에서 살면서 깨달았다. 비를 피해 실내에만 머물기보다 내리는 비를 즐기며 비 올 때의 제주를 한껏 느낄 수 있는 아름다운 비자림의 매력에 흠뻑 빠져보라고 권하고 싶다.

위험하지 않고 안전하게 비를 맞으며 걷기 좋은 다른 숲도 많다. 절물자연휴양림, 동백동산, 사려니숲 그리고 환상숲 곶자왈, 곶자왈 도립공원, 한라수목원이 참 좋다. 비를 온몸 가득 맞으며 비자림을 걷었던 즐거움이 며칠간 날씨로 우울했던 나의 마음을 충분히 위로해주었다.

3 제주에 빚 갚기

제주에서의 생활이 계속되면서 스스로가 제주 속으로 조금씩 녹아드는 느낌들이 참 좋았다. 특히 제주의 청정 자연은 상처받은 내 마음을 충분히 위로해주었기에 여유를 많이 갖게 되었고 잡다한 생각들을 내려놓고 순수하게 제주를 즐길 수 있었다.

그렇게 아무 조건 없이 내게 사랑을 주는 제주의 자연에 심취해갈수록 그 자연을 누구보다 사랑하게 되었다. 한편으로는 그런 소중한 자연이 빠른 속도로 훼손되어가는 현실이 눈에 보이기 시작했다. 그중에 많은 부분이 제주의 원주민이 아닌 이방인들의 손에 훼손되고 있었다.

세이브제주바다 로고

나 또한 이번의 여행이 끝나면 다시 육지로 돌아갈 것이기에 제주의 입장에서는 이방인이다. 이방인인 나는 평온한 제주의 흙, 돌, 나무에게 폐를 끼치는 존재가 아닐까? 내가 걷는 걸음 하나에도 가능하면 조그마한 흔적이라도 남기지 않도록 노력해야 한다.

제주에 신세를 지며 생활하고 있다고 생각하던 중에 지인의 소개로 '세이브제주바다(SAVE JEJUBADA)'를 알게 되었다. 깨끗한 제주 바다를 위해 비치클린업(beach clean up) 활동에 앞장서고 일회용품 사용 자제와 텀블러 사용을 권장하는 민간단체로 매월 2회 제주 전역의 해변, 포구 중 한 곳을 선정하여 자원봉사자들이 모여 함께 쓰레기 수거 활동을 한다.

세이브제주바다 SNS 첫 화면에는 이런 말이 적혀 있다.

> 더 늦기 전에 시작해요, 우리
>
> 함부로 버리지 않기
>
> 내가 버리지 않은 쓰레기라도 줍기
>
> 불편해도 다회용 제품 가지고 다니면서 쓰레기 줄이기
>
> 일회용품 사용하지 않기
>
> 다시 쓸 수 없다면 다시 생각해보기

그 단체의 가치나 철학을 한눈에 알 수 있었다. 내 스스로의 위안을 위해 비치클린업 활동에 참가해 제주에서 받은 행복감만큼은 아니지만 미력하나마 제주에 빚을 갚기로 했다. 해변의 쓰레기를 치우는 것이 궁극적인 목적이 아니라 나 스스로의 생활을 반성하고 인식 전환을 위한 계기를 만들기 위해서라도 참여해야 했다. 먼저 잠깐의 봉사활동으로 "스스로 가치 있는 인생을 가꿔 나간다"며 위안하는 오만함을 경계했다. 거창하게 지구를 지킨다는 생각까지는 절대 아니다. 그냥 내 일상이 후손들에게 빌려 쓰는 지구를 가능하면 적게 훼손시키는 방향으로 바뀌기를 바라는 마음으로 동참해보기로 했다.

10월 초, 일기가 고르지 못한 날이지만 월정리해변에서의 비치클린업 활동에 처음 참가했다. 아내랑 먼저 도착해서 조금 기다리니 순식간에 30여 명 이상이 모였다. 곧 단체 담당자분께서 활동 시 입을 노란 조끼와 장갑, 쓰레기 담을 마대를 나눠주시고 활동 방법을 설명해주셨다. 대부분 어린이를 대동한 가족 단위 참가자들이 많았고 우리 부부가 가장 고령이었다. 우리는 처음이라 조금은 서먹서먹했는데 담당자분께서 말을 걸어주셨다.

"그냥 개인 자격으로 오고 싶어서 왔다."

이렇게 말하니 감사하다는 인사를 여러 번 건네서 오히려 우리가 황송할 따름이었다.

해변에서 청소하기에 힘들 만큼 바람이 거셌지만 어린이를 포함해 참석자 모두는 진짜 열심히 쓰레기를 주웠다. 자발적으로 참석했으니 누가 독려하거나 간섭하는 사람이 없어도 다들 헌신적으로 쓰레기 줍는 모습이 그렇게 보기 좋을 수가 없었다.

평소 그냥 지나치면서 '보기 흉할 정도로 해안가에 쓰레기가 많다' 정도로 생각했는데 막상 청소해보니 실상은 훨씬 더 심각했다. 플라스틱 쓰레기가 가장 많았다. 우리가 열심히 분리배출하는 플라스틱은 재질이 다양하여 재활용이 어렵다고 한다. 대략 9% 정도가 재활용되고 12% 정도는 소각하고 나머지 79%는 매립되거나 자연에 그대로 방치된다고 한다. 세계의 바다가 넘쳐나는 쓰레기로 몸살을 앓고 있다는 얘기는 오래전부터 알았던 사실이다. 그 심각성을 막연히 알다가 이번 행사에 참가하면서 바다가 눈으로 보이는 것보다 빠른 속도로 파괴되고, 상태는 더욱 심각하다는 사실을 깨달았다.

3시간가량 작업 후, 수거한 쓰레기를 한데 모으고 간단하게 활동 소감을 나누고 마무리했다.

쓰레기를 버린 사람만 나쁠까? 일회용품을 만들어 판매하는 사람도 도의적 책임이 있을 것이다. 그러나 더 나쁜 사람은 일회용품의 편리함에 익숙해진 소비자가 아닐까 생각해본다. 결론은 '나도 그렇다'였다. 조금 불편해도 일회용품 사용을 줄이려는 노력이 절실하다.

얼마 전 올레길을 걸으면서 카페에서 커피를 주문했는데 종이컵에 주기에 마시고 갈 예정이니 머그컵에 달라고 부탁했다. 그랬더니 짜증 섞인 말투로 머그컵이 없다고 대답해 놀라지 않을 수 없었다. 평소 같았으면 내가 아주 정의로운 척, 불친절한 직원의 태도를 지적하고 손님이 원하면 줘야 하는 것이 아니냐고 따졌을 것이고 아내는 옆에서 말리며 한바탕 소동이 벌어졌을 상황이었다. 하지만 그날은 마음이 많이 불편했지만 내게 그냥 참고 넘길 여유가 생겼는지, 더 이상 지적하지 않고 일회용 컵의 커피를 받아 조용히 카페 밖으로 나와 진짜 쓴 커피를 마셨다.

청정하다는 제주의 바다가 쓰레기로 몸살을 앓고 있다

그러나 아무리 생각해도 제주는 관광지라 여느 지역보다 일회용품 사용량이 많아 쓰레기 문제가 심각한 것 같아 걱정이다. 그래서 제주를 여행하시는 분들은 개인용 텀블러를 가져오셨으면 좋겠고 욕심을 조금 더 부리면 여행 중 발생시킨 쓰레기를 되가져가기 운동이라도 벌였으면 하는 마음을 가져본다.

나는 환경운동가도 아니고 사회단체 활동가도 아니다. 환경에 좋지 않은 생활습관들이 내 생활에 스며들어 쉽게 바꾸지 못하고 있다고 고백한다. 하지만 지금 우리들이 겪고 있는 이상기후, 미세먼지, 플라스틱 쓰레기의 역습, 코로나19와 같은 새로운 질병의 유행 등 다양한 환경 관련 문제들은 환경이 우리에게 보내는 경고임을 명심해야 한다.《침묵의 봄》이 우려한 대로 어느 날 새소리조차 들리지 않는 지구에서 방독면을 쓰고 알약을 먹고 살아야 할지도 모른다.

지금보다 조금 더 환경친화적인 삶을 살겠다는 노력으로 작은 실천을 하나씩 늘려가야겠다.

그리고 제주에서 생활하는 동안 한 달에 한 번 이상 비치클린업 활동에 참가해 조금이라도 제주에 진 빚을 갚아야겠다고 다짐해본다.

4 억새를 만나러 따라비오름에 오르다

억새는 내게 아주 친근한 느낌으로 기억되고 있다. 어릴 적 우리 집은 항상 소를 길렀다. 소는 평균적으로 1년에 새끼 한 마리를 낳아 가장 큰 목돈을 안겨주기에 당연히 우리 집 재산목록 1호였다. 그래서 아주 귀한 대접을 받았다.

당시 가장 인기 있는 쇠꼴(풀)이 억새였다. 다 자라기 전 부드러운 억새를 소가 좋아했다. 가지런하게 자라는 풀이라 베기도 쉽고 양도 많았다. 마을 들판과 야산에서 친구들이랑 어울려 소 먹일 꼴을 베며 꼴 따먹기 놀이를 하던 추억을 잊을 수 없다. 베어 놓은 꼴을 각자 한 아름씩 내 모아놓고 꼴 베는 낫을 던져 낫이 서는 사람이 다 차지하는 놀이를 참 많이도 했다.

억새의 향연이 펼쳐지는 따라비오름

그때 억새가 지천이었던 고향 마을 뒷산은 이제 아카시아나무들이 다 점령해 억새의 흔적은 찾아볼 수 없다. 고향 마을 어디에서도 억새를 구경하기가 어렵다.

그 억새를 가을에 제주에서 실컷 구경할 수 있었다.

10월 중순이 되니 뜨거웠던 여름 날씨도 어느새 자취를 감추고 아침저녁으로 한기가 느껴지는 가을이 깊어갔다. 제주에서 가을은 억새밭에서 가장 쉽게 느낄 수 있다. 산굼부리, 아끈다랑쉬, 백약이, 용눈이, 금악, 새별, 따라비 오름에서는 매년 가을 억새의 향연이 펼쳐진다.

지난여름 어느 날, 능선이 아름다운 오름이라는 소문만 믿고 뙤약볕에 따라비오름을 올랐다가 그늘 하나 없이 강렬하게 내리쬐는 햇볕에 놀라 능선은 즐기지도 못하고 도망치듯 급히 내려와야 했다. 가을이 무르익고 온 천지 감귤이 익어 감귤나무에 노란 꽃이 핀 것처럼 보일 즈음, 수려한 능선과 가을바람에 출렁이는 억새를 보기 위해 따라비오름을 다시 찾았다.

따라비오름은 봄날에는 벚꽃과 유채가 어우러진 그림 같은 녹산로가 유명한 가시리마을에 있다. 말굽 형태로 터진 3개의 굼부리가 맞물려 봉긋봉긋 서로 다른 6개의 봉우리로 이뤄졌다. 분화구와 봉우리를 잇는 8자형의 능선길은 역시나 아름다웠다. 능선과 바람에 일렁이는 분화구 안의 억새가 환상적이라 많은 사람이 찾는 곳이다. 따라비오름의 안내판에서는 억새가 아름다워 제주의 360여 개 오름 중 으뜸가는 '오름의 여왕'이라 소개하고 있다.

도착하니 넓은 주차장이 비좁을 정도로 탐방객이 붐볐고 여름에는 보이지 않던 자동차 카페 아저씨도 한쪽에 자리를 잡고 손님을 기다린다.

입구부터 군락을 이룬 억새가 바람에 흔들리는 은빛 물결이 장관을 이뤄 탐방객들의 발걸음을 멈추게 한다. 눈으로만 담기에는 턱없이 부족하여 많은 사람이 억새를 배경으로 추억을 쌓기 위해 다양한 포즈를 취하며 사진 찍기에 여념이 없다. 웃고 떠드는

초록의 대평원을 이룬 오름 아래 밭

방문객의 모습들이 오늘따라 참 따뜻하게 느껴진다. 그런데 일부 탐방객은 사진을 찍는다고 억새 사이로 막 휘젓고 다녀서 벌써 많은 억새가 짓밟혀 넘어져 흉측해졌다.

억새를 뒤로하고 등 뒤에서 부는 바람의 도움으로 힘들이지 않고 정상에 오를 수 있었다.

가을바람이 부는 정상에도 이미 많은 사람이 붐볐다. 바람이 불편할 만한데도 사람들은 눈앞에 펼쳐진 아름다운 경치에 모든 걸 잊어버리고 사진도 찍고 웃으며 즐기고 있었다. 세찬 바람에 억새들이 흔들려 연출되는 은빛 물결이 매우 아름다웠지만 심하게 흔들리는 억새가 한편으로는 안쓰럽기까지 했다.

은빛 억새 물결을 따라 내 마음도 요동친다. 푸른 하늘에 둥실둥실 떠다니는 구름은 도화지에 그림을 그린 듯한 모습을 연출했다. 멀리 보이는 남쪽 바다 끝에는 하늘과 바다가 하나로 어우러져 수평선을 이뤘고 뒤로는 한 줄로 우뚝 솟은 풍력발전기가 바람을 받아 힘차게 돌아가며 목가적인 풍경을 선사한다.

가까이 보이는 오름 주변의 넓은 밭은 여름에 씨를 뿌린 무와 배추가 자라 초록의 대평원 같았다. 봉우리와 봉우리를 이어주는 능선길은 멀리서 보기에는 수려했으나 막상 올라가니 제법 가파르다. 중앙 큰 굼부리의 능선길을 따라 내려오니 3개의 굼부리가 모인 한가운데 천진난만한 표정의 동자석이 지키는 산담이 있다. 어느 분의 산소인지는 모르나 가을에는 억새를 찾는 관광객이 많아 심심하지는 않으시겠지?

3개의 굼부리 중 1개의 굼부리에 만발한 억새 군락이 장관이었다. 억새를 감상하며 천천히 정상 둘레길을 걸어본다. 가까이는 표선면 가시리 일대와 멀리는 성산 쪽과 한라산이 함께 어우러진 푸르른 하늘을 바라보는 풍경은 저절로 탄성이 나올 정도로 예술적이었다.

능선길을 따라 내려가면서 본 억새 군락은 가을 햇살을 받아 은빛 보석처럼 빛났다. 이 모습에 많은 사람이 반해서 '오름의 여왕'이라고 불렀을 거다. 경치를 구경하며 쉬엄쉬엄 걷는데 순간순간의 아름다움에 발길이 쉽게 떨어지지 않아 둘러보는 데 시간이 걸릴 수밖에 없었다.

언덕 아래 움달진 곳의 억새는 아직 덜 피어 약간 붉은색을 띠었다. 활짝 피어 은빛으로 빛나는 억새도 좋지만 붉은색 어린 억새는 또 다른 운치를 선사했다.

서쪽 하늘의 해가 한라산의 백록담 부근으로 떨어지며 하늘이 붉게 물들기 시작했다. 노을에 비쳐 노랗게 물든 억새 역시 색달랐다. 뒤를 돌아 오름을 바라보니 오름 봉우리와 완만한 능선이 노을 속에서 편안하게 느껴진다.

가시리에서 저녁을 먹고 들어가려니 시간이 일러 동네 산책에 나섰다. 나무가 휘어질 정도로 노랗게 익은 감귤을 주렁주렁 매달고 있는 감귤나무가 안쓰럽게 보였다. 마을 앞 감귤밭을 지나는데 할아버지 한 분이 일하고 계셔서 말을 붙였다.

"조생종 감귤은 언제쯤 땁니까?"

"겔세 갱 달포는 걸릴꺼정."

할아버지는 빙그레 웃으며 말씀하시곤 노란 감귤을 하나 따 주시면서 쉬었다 가라고 하신다. 감귤을 까서 먹으니 조금 시큼하지만 맛이 들어 있었다. 할아버지는 우리와 안부를 나누시고 할아버지의 얘기를 들려주셨다.

마을에서 할아버지가 가장 먼저 감귤나무 농사를 시작했고 감귤나무가 왜 대학나무인지를 상세하게 설명도 해주신다. 지금 85세인 할아버지는 당시 마을에서 공부를 가장 많이 한 사람이라고 자랑도 하시면서 4.3사건 때 아들이라고 집 안에 숨겨준 가족들의 이야기를 끝없이 하셨다.

노을에 비쳐 노랗게 물든 억새

더 있으면 할아버지가 일을 못하실 것 같아 적당한 시점에 이야기를 끊고 일어섰다. 할아버지는 귤을 몇 개 더 따 주시면서 다음에 또 놀러 오라고 당부하신다. 저녁 같이 드시자고 권했더니 할머니가 몸이 아파 집에 가서 밥을 차려주고 함께 먹어야 한다고 하신다.

잠깐이었지만 할아버지와의 만남에서 참 따뜻함을 느끼고 저녁으로 가시리에서 유명한 돼지두루치기로 배를 채우고 흡족한 마음으로 하루를 마감했다.

서쪽 바닷길

5 서쪽 올레길에서 제주의 가을을 만끽하다

10월 말로 접어드니 아침저녁으로 제법 춥다. 이러다 가을이 훅 가버리는 건 아닐까 하는 생각이 든다. 그러나 한낮에 부는 바람은 시원하게 느껴져 올레꾼들에게는 요즈음이 최고의 계절이다. 청명한 가을 하늘과 맑은 공기가 올레길에서 만나는 바다를 더 푸르게 만들고 한라산도 더욱 선명하게 보여줘 풍성한 마음으로 힘들지 않게 올레길을 걷는 계절이다.

이틀에 걸쳐 제주 서남부 넓은 들을 가로지르는 올레 11~12코스를 걸으며 깊어진 가을을 즐기기로 했다. 제주에서 가을의 대명사는 앞에서도 말했지만 뭐니뭐니해도 노란 감귤과 은빛 억새이다. 이번 올레길에서 다양한 색깔의 억새와 노랗게 익은 감귤을 통해 진한 가을을 느껴볼 참이다.

어렵게 찾은 11코스 시작점 안내센터에서 만난 직원분께서 코스를 상세히 설명해주시고 코스 끝 지점은 교통이 불편하다며 돌아오는 방법까지 알려주셔서 감사했다.

시작점에서 구한말 왜구의 침입에 항거해 지역을 지킨 다섯 의사의 행적을 기리는 '오좌수의거비'를 보고 지금 일본과의 무역 분쟁을 생각하면서 걷기 시작했다.

정겨운 이름의 제법 큰 항구 모슬포항를 막 벗어나니 대정오일장이 나온다. 오늘은 장날이 아니라 덩그러니 큰 시장 건물만 구경하고 마을을 거쳐 모슬봉으로 올랐다.

정상에서 남쪽으로는 흔들리는 억새 사이로 넓게 펼쳐진 대정들녘과 푸른 바다까지 볼 수 있고 북쪽으로는 억새들 사이로 웅장한 산방산과 한라산이 한눈에 들어온다. 대정들녘에 간간이 보이는 메밀밭에서는 하얀 꽃이 바람에 심하게 흔들리는 모습이 영락없는 가을 들녘임을 알려준다.

모슬봉 정상은 레이더 기지 때문에 출입이 금지되고 올레길은 7부 능선에서 둘레를 거의 한 바퀴 돌아 다시 대정의 넓은 들로 이어진다. 제주 오름에는 무덤이 많으나 특히 모슬봉의 북쪽과 서쪽은 온통 무덤뿐이었다. 무덤 사이사이에서 심하게 흔들리는 은빛 억새를 보면서 세파에 끊임없이 시달리며 살아가는 우리네

들녘에서 바쁘게 일하시는 농부들

인생과 닮았다고 생각하니 갑자기 숙연한 마음이 들었다.

모슬봉을 내려와 대정들녘을 지나면서는 '부엌의 부지깽이도 뛰어다닌다'는 바쁜 가을에 한가로이 올레길을 걷는 모습을 일하시는 분들에게 보이기 미안해 조심스럽게 걸었다. 넓은 들녘 군데군데에서 사람들이 당근도 수확하고 마늘과 양파를 심고 있었다. 열심히 농사일하시는 분들의 곁을 지나면서 눈이 마주치면 일부러 먼저 큰 소리로 인사를 건넸다.

"안녕하십니까? 수고하십니다."

"어디서 옵데깡? 양파 좀 심어주고 가징."

대부분 반갑게 인사를 받아주셨고 한 할머니께서는 농담까지 하시니 미안함에 무거웠던 마음이 많이 가벼워졌다.

다음 날, 아침 일찍 일어나 버스를 두 번 환승하고 무려 2시간 30분이나 걸려 12코스 시작점인 무릉외갓집까지 갔다.

12코스는 더 넓은 대정 앞들을 걷다가 녹남봉과 신도포구를 거쳐 용수포구까지 이어진다. 멀리는 웅장한 한라산을 바라보고 발아래 수려한 경관을 자랑하는 해안길을 따라 걷는 그야말로 환상의 코스이다.

무릉리를 출발해 걷고 있을 때 아내가 갑자기 화장실이 급해 견디기 힘들어했다. 마침 할머니 한 분이 마당 텃밭에서 채소를 가꾸는 집이 보였다. 아내는 무작정 들어가 놀라시는 할머니께 화장실이 급하다고 말씀드렸다. 할머니도 엉겁결에 집 안 화장실을 안내해주셨다.

그사이 내가 할머니 대신 텃밭의 풀을 뽑고 있으니 할머니가 오셔서 농사를 지어봤냐고 물으신다.

"어릴 때 일을 참 많이도 하면서 자랐죠."

할머니는 역시 그렇게 보인다며 웃으신다. 할머니랑 텃밭에서 이런저런 이야기를 나누는데 아내가 겸연쩍은 얼굴로 나왔다. 할머니는 막무가내로 우리에게 집 안으로 들어가자고 했다. 긴요하게 화장실을 사용했으니 할머니 말씀에 무조건 따를 수밖에.

잠시 후 할머니는 부엌에서 밀크커피를 타 오셨다. 감사한 마음으로 커피를 마시면서 할머니랑 이야기를 더 나누었다.

제주의 할아버지, 할머니들의 이야기가 어쩌면 제주의 가장 소중한 자산일지도 모르겠다. 그분들의 이야기를 듣고 있으면 나도 모르게 자꾸 빠져드는 마력에 이끌린다.

다시 가벼운 마음으로 올레길을 출발했다. 넓은 대정 평야를 지나 녹나무가 많았던 녹남봉에 도착했다. 조그만 오름인 녹남봉 정상에 올랐는데 분화구에 상상하지 못한 해당화 꽃밭이 아주 넓게 조성되어 있었다.

"어떻게 오름 정상에 이런 꽃밭이 있지!"

놀라움을 감출 수가 없었다. 분화구 안에서 귤밭을 가꾸시는 주인장 아저씨께 인사를 건네며 말을 걸었더니, 아주 반가운 표정으로 말씀하셨다.

"올레길을 걷는 사람들에게 즐거움을 주기 위해 꽃밭을 조성해서 관리하고 있지요. 그 옆에 조그만 농사이지만 즐거운 마음으로 귤을 키우고요."

제주에 사는 즐거움에 대해 끝없이 자랑하셨다. 따뜻하고 아름다운 마음을 가진 주인장의 이야기를 다 듣고 정중하게 인사했다.

"꽃을 심어 즐겁게 해주셔서 고맙습니다."

신도포구 어촌계 식당에서 싸고 맛있는 점심을 먹고 다시 해안

녹남봉 정상에 해당화가 만발한 꽃밭이 조성되어 있었다

을 따라 걸었다. 평일인데도 자전거를 타는 사람이 놀라울 정도로 많았다.

수월봉 쪽으로 조금 오르막 해안을 걷는데 저기 앞에 약간의 커브가 있는 내리막길을 아주 빠르게 내려오는 자전거가 보였다. 안전하게 옆으로 살짝 비켜서는 순간, 눈앞의 자전거가 갑자기 미끄러져 아스팔트에 쓰러졌다.

반사적으로 자전거 곁으로 뛰어갔다.

가장 먼저 119를 부르고 쓰러진 아저씨를 보니 얼굴은 아스팔트에 갈려 피범벅이 되었고 이가 몇 개가 부러져 나뒹굴었다. 고개를 들어보라고 했는데 미동도 안 해서 잠깐 '대형사고가 아닌가?' 하는 생각에 손이 떨리고 온몸이 후들거렸다.

아저씨 다리 사이에 끼인 자전거를 빼니 그때서야 의식이 돌아왔는지 조금 움직이기에 겨우 안도하고 일으켜 앉혔다. 지나가던 자동차가 멈춰서 도와주었다. 아저씨의 스마트폰으로 일행에게 연락하고 자리를 정리하고 조금 기다렸다. 구급차보다 일행분이 먼저 도착해 그분들에게 상황을 잘 설명하고 자리를 벗어났다.

나는 초등학교 5학년부터 고등학교까지 자전거를 타고 학교를 다녔다. 자전거는 내게 매우 친숙한 교통수단이었기에 위험하다는 얘기는 많이 들었지만 전혀 실감하지 못했다. 이렇게 내 눈앞에서 직접 사고를 목격하며 자전거가 위험하다는 것을 알았기에 자전거 타기가 겁이 나기 시작했다.

수월봉과 당산봉 정상에서 바라보는 차귀도와 와도(누운섬)의 경치는 제주 서쪽이 품은 비경 중의 비경이다. 성산 일출봉의 일출보다 더 아름다운 수월봉의 낙조가 관광객들을 유혹한다. 오늘은 날씨가 흐려 아쉽게도 낙조를 보지 못했다.

유네스코세계지질공원으로 지정된 해안과 에메랄드빛 바다 역시 나를 흥분케 하고도 남았다. 생이기정 바닷길을 거쳐 올레 12코스 종점에 무사히 도착했다. 근처에 위치한 '성 김대건 신부 제주 표착 기념관'을 버스 시간 때문에 둘러보지 못하고 그냥 지나치면서 '다음에 다시 와야겠다'고 마음을 먹었지만, 또 갈 수 있을지?

이번의 올레길 탐방에 몇 가지 사건이 있었지만 코스가 유난히

위 수월봉에서 바라본 차귀도와 와도
아래 서쪽 올레길에서 만난 가을

조용하고 평온해 특히 좋았다. 가을 농사에 열심인 농부들과 숲들이 단풍 들기 시작하는 곶자왈에서 가을을 만끽하며 여유로운 마음으로 놀멍 쉬멍 걸었다.

6 송악산을 다시 만나다

제주도가 온통 감귤 천지이다. 감귤 수확철이 다가왔다. 푸른 잎의 감귤나무에 노랗게 익은 감귤이 달린 모습이 멀리서는 흡사 노란 꽃이 만개한 것으로 보인다. 늦가을 제주에서만 볼 수 있는 아름다움이다.

지난 봄날 송악산에서 바라보았던 한라산의 전경과 사계해안이 그리워 추위가 시작되기 전에 송악산을 다녀오려고 서둘러 아침을 먹고 집을 나섰다. 제주 끝자락 송악산 해안에서 맞는 바닷바람을 생각해서 조금 두꺼운 옷을 입었다. 버스에서 왼쪽으로는 검푸른 바다, 오른쪽으로는 노랗게 주렁주렁 달린 감귤을 구경하며 지겹지 않게 송악산 앞 사계해안에 도착했다.

조금 느긋한 걸음으로 사계해안길을 걸어 형제바위 앞 카페에서 진한 커피로 카페인을 보충하고 해안진지동굴부터 둘러보았다. 그런데 그곳에서 오늘따라 마음이 불안정했는지 순간 분노를 참지 못하고 실랑이를 했다. 가까이에서 사진을 찍는다고 동굴 보존을 위해 설치해놓은 안전펜스를 아무 망설임 없이 단체로 넘어가는 관광객들을 보고 참지 못하고 폭발하고 말았다.

한바탕 소동이 지나가고 괜스레 동행한 아내에게 미안하고 불편한 마음으로 말없이 송악산으로 향했다. 둘레길에 들어서니 입구 주차장에 비해 탐방로에는 방문객들이 그리 붐비지 않았다. 올라오기 전의 언짢았던 일은 사방에서 불어오는 바람에 씻겨 날아가고 눈앞에 펼쳐지는 아름다운 경치가 불편했던 마음까지 위로해주기에 새로운 기분으로 출발할 수 있었다.

파도는 제주도 방언으로 '절'이라 한다. 송악산의 옛 이름은 커다란 파도가 해안의 바위에 부딪혀 큰 소리로 울려 퍼진다는 뜻의 '절울이오름'이다. 송악산은 특이하게 1차 폭발로 형성된 분화구에서 다시 2차 폭발이 일어난 이중분화구를 가진 화산으로 연구와 보존가치가 매우 높은 곳이라고 한다.

송악산 해안의 진지동굴과 둘레길에서 보이는 크고 작은 동굴들은 2차 세계대전 당시 일본군이 연합군 공격에 저항하기 위해 지역민들을 동원해 만든 인공굴이다. 제주의 아픈 현대사를 간직

확 트인 사방의 풍경을 보며 걷는 송악산 둘레길

한 대표적인 곳으로도 유명하다. 섯알오름 고사포 동굴진지, 알뜨르비행장, 비행기 격납고, 지하동굴, 모슬봉 군사시설 등 2차 세계대전 말기 일본이 최후 발악한 흔적들이 근처에 산재한다. 일본군의 만행을 생생하게 알려주고 전쟁의 참혹함과 죽음이 강요되었던 역사적 현장들이다.

송악산은 이름은 산이지만 제주도 본섬에 붙은 작은 섬 같은 느낌의 오름이다. 잘 조성된 둘레길 주위로 확 트인 사방의 풍경을 보면 스트레스를 받아 답답했던 가슴이 뻥 뚫린다. 둘레길을 걷는 시간이 1시간이라 하지만 아름다운 송악산의 매력에 푹 빠져 주위를 둘러보며 2시간 이상 걷는다면 송악산이 보여주는 비경에 반하지 않을 수 없을 것이다. 재수가 좋으면 가끔 앞바다를 지나는 남방큰돌고래도 볼 수 있다고 하나 우리는 보지 못했다.

사계 앞바다에 다정히 선 형제섬, 우뚝 솟아 우람한 산방산, 멀리 보이는 웅장한 한라산, 끝없이 태평양으로 펼쳐진 푸른 바다가 눈앞에 장대하게 드러난다. 깎아지른 주상절리에 파도 높이의 가파도, 최남단 마라도가 보여주는 경치가 이국적이기까지 하다. 전망대에 오르면 검푸른 바다와 넓은 대정들녘의 비경이 정신을 혼미케 한다. 둘레길 마지막에 소나무 숲길이 조성되어 있어 솔잎 냄새를 맡으며 투어를 마감할 수 있어 더없이 편안했다.

사계해안 앞바다에는 크고 작은 바위섬 2개가 형과 아우처럼 마주 보고 있어 형제섬이라 불리며 이곳만의 명물로 자리 잡았다. 그러나 나와 아내는 형제섬 사이에 작은 섬이 하나 더 있어 부부섬이라 불리면 참 좋겠다고 주변에 우기고 다닌다.

봄날 송악산의 푸르렀던 숲들이 어느새 억새로 변해 가을이 무르익었는가 싶은데 차가운 바람은 겨울이 가까워지고 있음을 알려준다. 오늘 하루 느긋하게 송악산 둘레길을 걸은 나는 때로는 사색가가 되었고 때로는 시인이 되어 스스로를 되돌아보았다.

송악산의 진가를 모르고 입구 주차장 근처 바닷가만 둘러보고 돌아가는 많은 사람에게 마이크를 잡고 고함을 치고 싶다.

"송악산 둘레길을 꼭 한 바퀴 돌아보시라!"

송악산에서 만난 형제섬

즐겁게 송악산 탐방을 마치고 무사히 집에 도착했다. 그런데 송악산에서의 트러블로 아내가 폭발하고 말았다.

아내는 가장이 어렵고 힘든 직장 생활을 하기에 지금까지 참 많이도 인내하며 살았다고 거침없이 토로한다. 특히 다른 사람의 잘못을 좀 너그럽게 봐주고 넘어가지 못하는 성격으로 몇십 년을 조마조마했다며 큰 소리로 푸념한다. 아이들을 동행했을 때두 아랑곳하지 않고 다른 사람들의 어긋난 행동을 그냥 넘기지 못해 어김없이 트러블을 일으키는 걸 참아내기가 힘들었다고 고백한다. 이제는 조금 내려놓고 마음을 비우려고 제주에서의 생활을 시작했는데 말만 그렇고 하나도 바뀐 것이 없다고 심지어 나를 위선자라고 몰아붙인다.

아내가 조금은 원망스러웠지만 곰곰이 생각하니 아내의 말이 대부분 맞는 것 같다. 젊은 날 뭐가 그리도 당당했는지, 내가 참 못났었다는 생각을 떨칠 수가 없다. 이제는 또 다른 색깔의 삶을 시작하면서 가능하면 욕심을 적게 부리고 좀 너그럽게 사는 내공을 키우려고 했는데….

생활에 여유가 생겨 마음의 안정을 많이 찾았다고 생각했는데 아직은 부족한 모양이다. 오늘따라 상선약수(上善若水), 화광동진(和光同塵), 무심(無心)하는 마음으로 살라는 《도덕경》의 가르침이 큰 울림으로 와 닿는 느낌이다. 조금 더 낮은 자세로 살겠다고 마음을 다잡았다.

이후 아내와의 불편한 관계는 며칠 더 계속되었다.

7 다크투어를 아십니까?

유적지 탐방이나 올레길을 걸으면서 제주의 역사와 문화를 배워가는 재미에 푹 빠져 있다. 섬나라 제주는 육지로부터 침략과 수탈을 받으며 살아온 역사가 많은 지역이다. 어두웠던 역사 유적지를 찾아다니며 진정한 제주를 이해하고 좀 더 가까이 다가갈 수 있었다.

〈제주 100년의 시간여행〉이란 주제로 제주의 3.1운동부터 4.3사건까지의 역사를 둘러보는 다크투어 프로그램을 알게 되었다. 진짜 훌륭한 프로그램이라 번번이 참가 예약에 실패하고 아쉬워하며 예약 대기로 기다리다가 운 좋게 해약자가 있어 서부지역 투어 프로그램에 참여할 수 있었다.

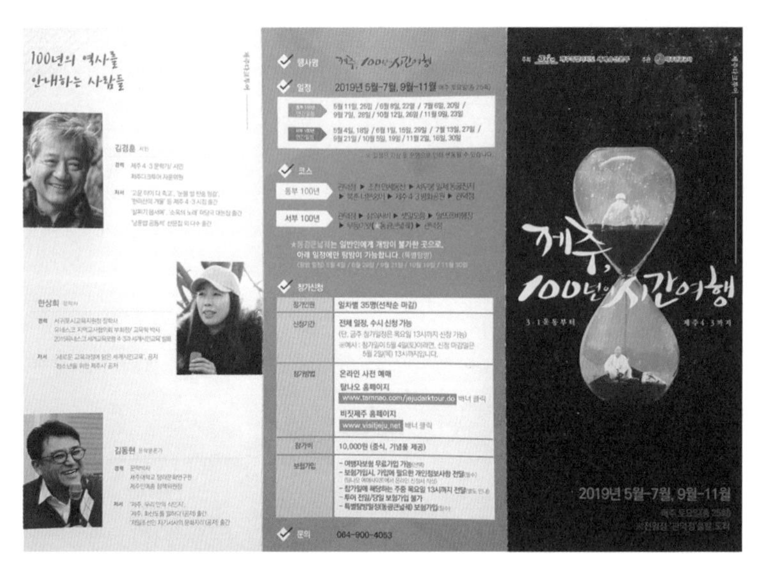

다크투어 안내 팸플릿

다크투어는 부끄럽고 아픈 역사 현장을 관광 자원화해 둘러보고 반성과 성찰을 통해 시대적 정체성을 찾고 후손들에게 역사 교훈을 알려주기 위한 새로운 방식의 여행이다. 제주관광공사 주관으로 매년 5월 4일부터 11월 30일까지 매주 토요일 동부지역과 서부지역을 나눠 탐방을 실시한다. 참가비 1만 원으로 점심과 기념품을 받고 관광버스를 타고 동행한 유명 해설사의 안내로 침략을 받았던 흔적들을 탐방하며 온종일 제주의 역사를 배운다.

동부 코스는 관덕정을 시작으로 만세운동이 시작된 조천만세동산과 북촌마을의 비극적인 이야기를 담은 너븐숭이 4.3기념관, 4.3평화공원을 거쳐 관덕정으로 돌아온다. 서부 코스 역시 관덕정에서 시작하여 대정현의 삼의사비(三義士碑)를 거치고 섯알 오름의 고사포 진지와 양민 학살터, 알뜨르비행장, 동광리 무등이왓 마을을 둘러보고 관덕정에서 끝난다.

당일 예정 시간보다 일찍 관덕정에 도착했다. 출발시간에 맞춰 프로그램 진행자들이 참석자들의 신원을 확인하고 바로 해설과 함께 투어가 시작되었다. 굴곡의 제주 역사를 품은 관덕정 설명을 간단히 듣고 버스에 탑승했다.

대정읍 인성리에 있는 삼의사비는 부패한 관료들과 천주교 세력이 민중을 심하게 수탈하자 세 명의 의사가 앞장서서 항거한 것을 기념하는 비석이다. 제주 저항운동의 상징물로 의미가 깊다. 근처 김정희 선생의 유배지 고택을 관심 있게 둘러보고 섯알 오름으로 향했다.

섯알오름은 일본군이 1944년 패망 직전에 만든 폭탄 창고를 미군이 폭파시켰던 곳으로 유명하다. 당시 일본군이 사용했던 동굴 진지는 원형 그대로 보존되어 있다. 일본군이 최후의 발악으로 연합군의 침입을 막기 위해 설치하였던 고사포 진지 자리도 비교적 원형을 유지하고 있었다.

역사의 숨결을 느끼기 위해 일반인에게 개방한 동굴 진지를 조명시설이 없어 휴대전화의 불빛을 비춰가며 통과할 때 오싹해진 기분은 나만 느낀 감정이었을까?

오름 정상에서 알뜨르비행장 쪽으로 내려가니 또 다른 역사의 현장이 우리 앞에 나타났다. 일본이 패망하고 그 아픔이 사라지기도 전에 4.3사건이 발생하면서 당시 대정과 한림 주민 252명이 2회에 걸쳐 학살되었던 터에 위령 제단(祭壇)이 설치되어 있었다. 2007년 학살터 정비사업을 실시하여 그대로 보존된 당시의 암매장 구덩이를 볼 수 있었다. 가슴 아픈 역사의 현장에서 해설사의 부탁으로 일행을 대표해 향을 피워 다 같이 혼령들에게 묵념하고 알뜨르비행장으로 향했다.

알뜨르는 '아래쪽 넓은 들판'이란 순수 제주어이다. 일본의 대동아공영 실현을 위해 1926년부터 시작된 중국과의 전쟁에서 항공기 중간 기착지로 활용하기 위해 제주 도민을 동원하여 10년에 걸쳐 이곳에 비행기지를 만들었다. 일본은 "패망하면 최후의 보루를 제주도로 한다"는 '결7호 작전'을 수립했는데 그 작전에 필요한 가미카제 전투기를 보호하기 위해 격납고 38개를 만들었다.

미국의 원자폭탄 투하로 일본이 항복하여 '결7호 작전'은 실현되지 못했다. 일본의 항복이 조금이라도 늦었더라면 아마 연합군이 제주도를 쑥대밭으로 만들었을 것이다.

'만약 그렇게 되었더라면'이라고 상상하니 온몸에 소름이 돋았다. 당시 만들어졌던 격납고 중 19개가 지금까지 비교적 잘 보존되어 소중한 역사 자료로 활용되고 있다. 2010년 경술국치

위　알뜨르비행장의 파랑새를 안고 선 대형 소녀 형상과 격납고
아래　4.3사건의 아픔을 고스란히 간직한 무등이왓

100년 기념일에 실물 크기로 형상화한 일본군의 '제로센' 전투기 모형을 남은 격납고 중 하나에 전시해 방문자들에게 인기를 얻고 있다. 다녀간 많은 사람이 평화를 염원하며 매단 리본이 평화를 노래하는 양 펄럭였다. 근처 광장에서 대나무로 만들어진 파랑새를 안고 선 대형 소녀 형상 역시 잔잔한 평화의 울림을 전하는 것 같았다.

마지막으로 안덕 동광마을 무등이왓으로 갔다. 마을에는 오래된 퐁낭(팽나무) 한 그루가 우뚝 솟아 우리를 맞이한다. 4.3사건을 담은 독립영화 〈지슬〉의 배경이 된 무등이왓은 4.3사건 당시 토벌 작전에 의해 많은 희생자가 발생하고 사람들이 마을을 떠나 '사라진 마을'로 알려졌다.

당시에는 국영 목장이 있어 말총이 유명했고 대나무가 많아 탕건과 망건을 생산하며 130여 가구로 이루어진 비교적 부촌 마을이었다고 한다. 지금은 그 많던 집들은 다 사라지고 단지 이곳에 마을이 있었음을 알 수 있는 옛 공고판, 집터, 물방아터 등만 남아 아픈 역사를 말해준다.

4.3사건 당시 마을이 불타 버리자 주민들은 도너리오름 앞쪽의 큰넓궤에 숨어들었다가 집단 학살을 당한 것으로도 유명하다. 현지 주민 홍춘자 할머니가 직접 겪은 경험을 생생하게 증언해주셨는데 듣는 내내 마음이 무거웠다. 안전시설 보수 공사로 집단 학살지 큰넓궤를 답사하지 못한 아쉬움을 뒤로하고 투어를 마감했다.

다크투어를 다녀와서 왜 제주가 평화의 섬으로 불려야 하는지를 똑똑히 알았다. 어두운 역사를 딛고 더욱더 밝은 내일로 나아가기 위한 다크투어의 절실함과 고마움을 함께 느낀 하루였다.

제주에 살면서 제주의 풍광에 빠져 "제주는 아름답다"라는 단순 명제에만 매몰되어온 나는 묵묵히 제주를 지켜온 도민들의 아픔을 새로운 시각으로 보기 시작했다. 뼈아픈 과거사가 있기에 제주가 더욱 아름다운 모습으로 다가온다는 사실도 잘 알게 되었다. 제주에서 좀 더 겸손한 마음으로 살아야겠다.

8 <82년생 김지영>에서 지난날 나의 민낯을 보다

나도 변해간다.

29년 직장 생활 중 오랜 기간을 가족들과 떨어져 생활했고 집에서 직장을 다녀도 주말 외에 식사를 가족과 같이해본 적이 거의 없다. 집은 나에게 잠만 자는 곳 정도였다. 둘째인 딸은 태어나고 한 달 정도 지난 뒤에야 상봉할 수 있었다. 그러다 보니 자연스럽게 아이들과의 접촉도 많지 않아 자녀교육은 거의 아내가 담당했다.

이제 긴 시간을 뒤돌아 생각해보면 당시에는 그렇게 회사 일에 충실하는 것이 당연했다. 가족들은 가장의 직장 생활을 거부감 없이 받아들이고 지원해주었다. 그러니 나는 회사일 외에 별로

할 줄 아는 것 없는 인간이 되었다. 심지어 인간 생존의 가장 기본인 밥도 할 줄 모르는 소위 상남자로 살아왔다.

아내의 간청으로 퇴직하면서 요리학원을 3개월 동안 다녔다. 한국인이 가장 즐겨 먹는 가정식 요리 26가지를 배웠지만 아직은 서툴러서 흉내만 조금 내고 있는 정도이다. 요리는 역시나 어렵지만 생존에 절대적으로 필요하기에 열심히 노력하고 있다.

제주에서 생활하면서 학원에서 배운 요리 실력을 아낌없이 발휘했다. 특히 아내가 육지로 나가고 없을 때 요리를 배우게 한 아내에게 감사한 마음을 가질 정도이다. 스스로 생각해봐도 많이 변해간다고 느끼면서 살고 있다.

미세먼지가 심한 날, 아내의 제안으로 요즘 극장가에서 핫한 영화 〈82년생 김지영〉을 관람했다. 이 영화는 백만 부가 넘게 팔린 베스트셀러 소설을 원작으로 만들었다. 평소 책을 좋아하지만 편견으로 이 소설을 읽지 않았다. 한참 유행할 당시 페미니즘 소설이라고 일방적으로 단정하고 의도적으로 기피했다.

3대가 함께 사는 유교적 가풍이 엄격한 집안에서 성장했기에 아직도 내 의식에는 가부장적인 생각들이 많다고 고백한다. 함께 사는 아내가 항상 힘들어했던 사실도 잘 알고 있다. 차츰 나이가 들어가니 그렇게 강했던 고집도 누그러지고 불편했던 감정들도 많이 해소되어 가는 느낌이다.

최근에 이 영화가 개봉되고 우리 사회에 또다시 페미니즘 논쟁이 불붙었다. 편견이 아닌 객관적인 시각으로 그 논쟁을 바라보기 위한 노력이 필요했는데…. 많이 늦었지만 영화를 관람했다.

1982년에 태어난 30대 후반의 김지영은 공무원으로 일한 아버지 밑에서 1남 2녀 중 차녀로 태어나 무난하게 자라 국문학과를 졸업했다. 번듯한 직장에 다니는 남편과 결혼해 눈에 넣어도 아프지 않은 어여쁜 딸 하나를 두고 큰 걱정 없이 나름의 보람과 행복을 느끼고 살아가는 평범한 가정주부이다.

어쩌면 김지영은 꽤 괜찮은 조건을 가진 여성일지도 모른다. 이러한 점에서 주인공이 무력하게 살아가는 모습들이 때로는 화나게 하는 부분도 없지 않았다. 그 정도 조건이면 사회에서 충분히 잘 살아갈 수 있는데 현실에 적응하지 못하는 모습이 안쓰럽기도 했다. 그래서 소설 내용이 조금은 비현실적이고 다소 과장되었다는 생각을 떨쳐버릴 수가 없었다.

영화에서 김지영은 전업주부로 살아가면서 문득문득 느끼는 공허함의 이유를 알아내고 해소할 방법을 찾기 위해 노력하지만 매 순간 현실의 벽에 가로막힌다. 주인공은 자존감이 무너져 내리고 세상에서 자신이 한없이 작아진 느낌에 가슴 아파한다. 그 모습은 일정 정도 우리 시대를 살아가는 나를 포함한 모든 이들의 자화상이기도 해 나도 많은 부분이 공감되었다. 우리는 사회의 그릇된 인식 장벽에 스스로 부끄러운 마음이 들고 때로는 사회 현실에 화를 내기도 한다.

전반적으로 주인공의 처지가 흔한 상황이고 평범한 우리 모두의 이야기로 느껴져 쉽게 영화에 빠져들었다. 영화가 전개되면서 차츰 주인공에 동화되어갔다. 많이 힘들어하는 주인공을 보면서 나도 모르게 눈가가 촉촉해졌다. 옆에 앉은 아내가 볼까 부끄러워 조심스러웠는데 그만 들키고 말았다.

지금까지 살아오면서 아무 생각 없이 한 내 행동도 누군가에게는 상처가 되고 말 못할 고민이 되었을 수도 있겠다고 생각하니 스스로가 한없이 부끄러워졌다. 아직 가부장적인 인식을 많이 가진 나는 가까스로 성폭행을 피한 딸을 질책하는 아버지의 모습이 또 다른 내가 아닐까 고민하며 자괴감도 들었다.

미처 깨닫지 못한 사이에 나도 간접적인 가해자가 되었을 수도 있기에 영화를 보는 내내 힘들었다. 부끄럽고 미안하고 앞으로는 그러지 않아야겠다고 다짐도 해봤다. 이 감정을 나만 느끼는 것은 아니었을 거라고 생각한다. 영화를 만든 목적은 충분히 달성되었을 것이라고 믿고 싶었다.

개봉되기 전부터 화제였던 영화로 페미니즘이라고 일부에서 비난도 많이 받았다. 나는 비록 직접 비난하지 않았지만 영화를 보기 전에 이미 페미 영화라고 단정했고, 책도 보지 않았다. 결국 나도 편견을 가졌던 사람 중의 한 명이라고 감히 고백한다.

이 영화는 여성의 입장에서 전개되어 동의하기 어려운 부분도 일부 있었다. 최근 우리 사회에서는 저출산이 문제인데 육아를 한 여자의 삶을 무기력하게 만드는 부정적 요인으로만 비춘 점도 아쉬웠다. 육아와 가사를 하는 전업주부는 비참하고 희망 없이 살아간다는 내용이 안타까웠다. 결혼해 가정을 이루고 아이를 키우는 일도 아무나 쉽게 할 수 있는 게 아니다. 건강하고 바르게 아이를 키우는 전업주부 엄마도 매우 중요한 역할을 하는 것이다.

영화에서 주인공은 육아에 대한 사명감은 하나도 없고 그냥 정신적, 육체적 노동이 필요한 일 정도로 받아들인다. 책임의식이 많이 결여된 멍한 모습이 나를 많이 불편케 했다.

우리 사회에서 여성들이 차별받는 부분들이 빠르게 개선되고 있다. 그에 발맞춰 사회 구성원의 의식도 획기적으로 변했고 앞으로 계속 변화할 것이다. 미투 운동의 영향으로 남성들의 성적 우위 의식에 의한 불평등도 많이 사라졌다. 심지어 여성의 숫자가 많은 직장에서는 남성 역차별의 문제가 일부 대두되는 시점에 이르렀다.

한편으로는 영화 속 남자들의 고충도 읽을 수 있었다. 사회의 가치로부터 피해를 당한 딸을 꾸짖는 주인공의 아버지는 또 다른 피해자였다. 주인공의 남편도 아내의 삶이 망가지는 모습을 바라보면서도 정작 가족 생계의 끈을 쉽게 놓을 수 없어 고민하고 힘들어하는 모습이 안쓰러웠다.

영화가 끝나고 밖으로 나왔다. 스스로의 감정에 도취되어 함께 한 아내에게 미안한 감정으로 어떤 말부터 대화를 시작해야 할지 조심스러워 망설이는데 대뜸 아내가 먼저 말했다.

"너무 무기력한 주인공에게 화가 나네."

너무 놀라웠다. 사실 영화를 보는 내내 나의 가치관을 반성한 내용을 아내에게 고백하고 참회할 생각이었는데 아내가 의외의 반응을 보여 당황스러웠다.

아내는 아무리 여성들에게 힘든 사회라지만 영화에서처럼 그렇게까지 힘들지는 않을 것이라며, 오히려 가장들의 무거운 어깨를 걱정해주었다. 그러면서 본인은 직장 생활을 하면서 자녀들을 키웠던 시절로 다시 돌아가라면 절대 가고 싶지 않다고 한다. 또 하루빨리 여자도 직장을 다니면서 마음 편히 자녀를 키울 수 있는 사회적 환경이 필요하고, 경단녀라는 단어가 없어지는 사회가 되어야 한다며 목청을 높인다.

아내는 영화 속 김지영의 엄마가 훨씬 더 이해가 가고 공감되었다고 말한다.

주인공은 여자로서의 아픔이 있겠지만 남편들은 대한민국의 직장인으로 살아가면서 또 다른 아픔을 겪는다. 서로의 아픔을 극복하기 위해 비난보다 공감하고 보듬어주면서 살아가야 한다. 결국은 타인에 대한 배려가 더 많아지는 사회가 되었으면 하는 바람을 간절히 가져본다.

9 1박 2일간의 추자도 여행

나만 그럴까?

'추자도'란 말만 들어도 멀다고 느껴지면서 조용하고 아름다운 섬이 떠오른다. 추자도는 거리상으로는 제주보다 전라남도 완도나 진도가 가깝다. 과거에는 행정구역이 전라남도에 속했으나 1914년에 제주에 편입되어 현재 제주시 추자면이다.

추자도 여행을 계획했으나 하루에 쉽게 다녀올 수 없고 생소한 느낌도 들어 망설였다.

"지금 추자도에 가보지 않으면 또 언제 가보겠는가?"

아내와 함께 결단을 내리고 자료를 찾아보며 여행을 준비했다. 추자도는 낚시객이 많고 단순 여행객은 그리 많지 않았으나 올레길이 생기고 차츰 아름다운 여행지로 알려지면서 천혜의 자연을 만끽하려는 여행객들이 늘어나는 추세이다.

'여유를 갖고 느린 여행을 해보자.'

편하게 마음을 먹으니 망설일 필요가 없었다. 11월 말이지만 따뜻한 날 1박 2일간 추자도 여행을 떠났다.

제주에서 완도나 해남으로 가는 여객선이 추자도를 경유한다. 우리는 오전 9시 30분에 제주항을 출발하여 추자도를 거쳐 해남 우수영항을 운행하는 고속 페리(퀸스타호)를 탔다. 추자도까지 약 1시간 20여 분이 소요된다고 한다.

승선권을 발급받아 자리를 찾아가니 앞쪽 창가이다.

"여행객이라고 아주 좋은 자리를 주었네."

감사하는 마음으로 자리에 앉았다. 그런데 출발 직전 승무원이 앞자리를 다니면서 안내를 한다.

"앞은 멀미가 많이 나니 가능하면 뒤쪽 빈자리로 옮기세요."

나는 '멀미를 안 하니까 괜찮겠지'라며 호기롭게 그 말을 무시하고 지정된 앞쪽 좌석에 앉아 출발했다. 아뿔싸, 뭐든지 자만은 금물이라는 금언이 이번에도 맞아떨어졌다.

연안을 벗어나 서서히 배가 속력을 내면서 흔들리자 처음에는 이마에 땀이 나고 차츰 온몸에 힘이 빠지더니 속이 울렁거려 견디기가 힘들었다. 시계를 보니 이제 30여 분이 지났기에 출렁거

조용하고 깨끗한 추자항

리는 배에서 간신히 몸을 가누면서 조금 뒷자리를 찾아 옮겼다.

조금 나아지는가 싶더니 결국에는…. 이후로 계속 시계만 쳐다보면서 겨우겨우 울렁거리는 빈속을 달랬다.

추자항에 도착해 '이제 살았다' 하고 마음속으로 만세를 부르고 혼미했던 정신을 차려 하선했다. 조용하고 깨끗한 추자항의 모습이 힘들고 불편했던 마음을 다소 진정시켜주었다.

선착장 주변 최근에 지은 상가 몇 채 외에 나머지 섬의 모습은 10~20년 전의 시간에 멈추어 있는 마을 같아 오래전의 추억을 되살리기에 충분했다. 낭만이 넘치는 섬으로 내게 훅 다가왔다. 제주의 본섬에 비해 개발의 손길이 적게 닿아 깨끗하고 정갈했다. 때 묻지 않고 인심이 넉넉해 내가 처음 제주에 기대했던 모습이 추자도에 있었다.

느린 여행을 위해 올레길(18-1코스)을 따라 걸었다. 첫날은 추자항에서 유명한 조기 정식으로 점심을 맛있게 먹고 공영버스를 타고 상·하추자도를 연결하는 추자교에 하차했다. 하추자도 올레길 약 10km를 온 사방의 바다와 함께 쉬엄쉬엄 걸었다.

올레길은 담수장 숲속 길과 조용하고 아늑한 묵리마을, 하추자도 여객선 대합실이 있는 신양항을 거쳐 모진이해수욕장에서 한숨을 돌린다.

해수욕장을 바라보면서 '지난여름에 얼마나 많은 사람이 찾아 즐겼을까?' 상상을 하면서 남은 올레길을 재촉했다. 오래지 않아 언덕길에서 천주교 순교자 황사영의 아들 황경한의 묘를 만났다. 조선 순조 때 '황사영 백서사건'으로 황사영은 처형되고 그의 처 정난주가 제주도로 유배를 가다 두 살배기 아들이 역적의 자식으로 살아갈 것이 두려워 추자도 바닷가 바위에 두고 떠났다. 당시 마을에 살던 오씨가 그 아들을 발견해 키워 아직도 추자도에는 황경한의 자손이 많이 산다고 한다.

정난주가 아들 황경환을 두고 떠났던 자리에는 눈물의 십자가가 세워져 있었다. 천주교 순례자들의 발길이 이어지는 곳으로도 유명하다.

해 질 녘에 출발지점인 추자교에 도착해 장엄한 추자의 일몰을 감상하면서 느릿느릿 걸어서 예약한 민박집으로 향했다.

다음 날 느긋하게 민박집을 나와 추자초등학교에서 상추자도 올레길을 따라 주변 바다의 비경과 기암절벽의 경치에 취해 걷기 시작했다. 마을 뒷산 중턱에는 제주도 민란을 진압하기 위해 지나가던 최영 장군 일행이 풍랑을 만나 추자도에 피신해서 백성들을 교화한 은공을 기리는 사당이 있었다.

마주한 영흥리 마을은 독특한 벽화로 손님을 맞는다. 페인트가 아닌 다양한 색의 타일을 이용하여 모자이크 형태로 만들어진 벽화가 햇빛에 반사되어 반짝거리는 모습이 더욱 아름다웠다. 바닷속과 나비, 갈매기를 그린 벽화는 우리 마음속 깊이 깔린 어릴 적 동심을 자극해 아이가 된 기분으로 감상하며 걸을 수 있었다.

마을 뒷산에서 협소하고 위험해 올레길에 포함되지 않은 바다 쪽 절벽의 그림 같은 길을 만났다. 영화 〈나바론의 요새〉에 나오는 절벽을 닮았다는 나바론 하늘길이 얼마나 아름다운지 올레길이 아니라고 보지 않고 갔더라면 억울했을 정도이다.

마지막으로 등대전망대에서 맞이한 바람은 뼛속까지 청량함을 전달해주었다. 탁 트인 전경도 가슴을 시원스레 뻥 뚫어주었다. 지붕이 다양한 색으로 칠해진 평화로운 마을과 주변 작은 섬들의 모습은 그 어떤 언어로도 표현할 수 없는 아름다움을 한 폭의 그림으로 기억에 새겼다.

그렇게 상추자를 구석구석 둘러보고도 배 시간이 남아 1시간 동안 추자도 전체 마을을 왕복하는 공영버스 투어를 시작했다.

아름다운 추자도 풍경은 그대로 엽서가 된다

추자항을 출발해서 대서리 → 영흥리 → 묵리 → 신양리 → 예초리를 달리는 버스에서 산 아래 마을의 또 다른 모습을 즐길 수 있었다. 버스에서 우리에게 관심을 주시는 할머니들과 대화도 나눴다. 다 알아듣지는 못했지만 정겨움을 선물로 받은 느낌이었다. 아름다운 자연을 마음껏 그리고 후회 없이 즐겼다.

상쾌한 기분으로 여객선에 승선하여 이번에는 뒤쪽 자리에 조심스럽게 앉았다. 그렇게 우리는 아무 탈 없이 제주에 도착했다.

그런데 앞쪽 자리에 앉으신 할머니가 멀미를 너무 심하게 하시는 모습을 보고 마음이 무척 아팠다. 뱃멀미의 위력을 알기에 내가 어떻게 도와드릴 방법이 없어 더욱 안타까웠다.

아들댁에 가신다는 할머니께서는 크고 작은 꾸러미를 무려 8개나 가지고 타셨다. 그렇게 심한 멀미에도 계속해서 그 꾸러미를 챙기는 모습이 안쓰러웠다. 제주에 도착해서 하선할 때 녹초가 되신 할머니께 꾸러미를 들어드릴 요량으로 조용히 다가가 말씀을 드렸더니 할머니께서 극구 괜찮다고 사양하신다. 제주에 사신다는 아드님이 이 사실을 아시면 얼마나 불편하실까?

추자도 여행이 숨어 있는 감성을 일깨워 내 삶의 품격을 더욱 높여주는 듯한 기분이었다. 아주 늦게 집에 도착했지만 피곤함을 느끼지 못했다.

심하게 멀미하신 할머니는 아들을 무사히 만났겠지?

4장

겨울

익숙하고 즐거웠던 시간은
이제 저 너머에,
비움이 되었으니 다시 채우자.
나눔과 충만의 시간들이 다가온다.
멈췄던 모래시계에서
시간의 알갱이들이 떨어진다.

1 감귤농가 일손을 돕다

늦가을과 초겨울의 남쪽 제주는 섬 전체가 노랗다고 해도 과언이 아니다. 도로에서는 어김없이 귤을 수확해 싣고 가는 차량을 만날 수 있고 모든 택배 대리점 마당에는 매일 감귤 박스가 산처럼 쌓인다.

감귤 주 생산지인 제주의 남쪽 지역에 있는 약국, 식당, 카페, 편의점 등 많은 가게에도 문 앞에 감귤이 담긴 박스가 놓인다. 오가는 손님 누구나 감귤을 맛보도록 나누는 것이다. 처음에는 그냥 집어오기가 좀 어색했으나 시간이 좀 지나서는 한두 개를 집어 오는 것이 오히려 그분들에 대한 예의라고 생각해서 꼭 얻어온다.

제주의 초겨울을 노랗게 물들이는 감귤

서귀포, 남원, 표선, 성산 등지에서 1년 중 가장 바쁜 시기로 해마다 감귤 수확 일손이 부족해서 아우성이다.

얼마 전 육지에 사는 후배에게서 전화가 왔다. 자기 친구가 제주도에서 직장 생활을 하면서 틈틈이 감귤 농사를 짓는데 일손 구하기가 힘들다고 토로했다고 한다. 그러면서 우리더러 심심하면 가서 감귤 수확 체험도 하고 봉사활동도 하라고 해서 흔쾌히 수락했다.

냉큼 농장주에게 연락했는데 왠지 시큰둥하다. 전문 농사꾼이 아니니 오히려 방해가 될까 봐 그런 듯했다. 별 도움은 안 되겠지만 그냥 놀러 오라는 뜻으로 농장 위치를 알려주었다.

남의 눈치 볼 필요 있는가? 하고 싶고 열심히 할 자신이 있으면 무조건 도전해보는 거지. 곧장 농장을 찾아갔다. 감귤 수확은 처음 경험하는 일이라 서툰 솜씨로 일을 시작했다.

농장 주인은 처음에는 약간 귀찮은 듯 건성건성 대하면서 그냥 귤이나 마음껏 따먹고 놀아도 된다는 듯이 말을 했다. 우리도 처음과 달리 '혹시나 방해는 안 될까?'라는 미안한 마음이 없지는 않았다. 하지만 주인이 가르쳐준 귤 따는 방법은 어렵지 않아 쉽게 익힐 수 있었다. 그렇게 2시간가량 작업하고 나니 농장 주인이 놀라는 눈치였다. 본인이 생각했던 것보다 작업을 잘한다고 느껴 생각이 바뀌기 시작한 모양이다.

첫날은 별 준비 없이 농장에 갔으니 대략 3시간가량 작업하고 날이 어두워져 서둘러 일을 끝냈다. 주인은 시간이 나면 내일도 도와달라고 부탁까지 했다.

다음 날 일찍 농장에 도착해서 감귤 따기 작업을 시작했다. 곧 귤을 빨리 그리고 안전하게 따는 방법에 어느 정도 숙달되어 속도가 나기 시작했다. 큰 귤나무 바깥쪽 보이는 곳에 달린 귤은 비교적 손쉽게 딸 수 있다. 하지만 나무 안쪽이나 바닥 아래, 높은 곳에 달린 귤을 따기 위해서는 밑으로 기고 나무 위에 올라타야 했다. 그러다 단단한 귤나무에 꽝 하고 머리를 박고, 옷이 찢기고 가지에 긁히고 찔리곤 한다. 아직은 초보이지만 첫날 오전에만 대략 20kg 콘테나를 10여 개나 채웠다.

주인이 깜짝 놀라며 오히려 우리를 말렸다.

"우리가 재미있어 하는 일이니 미안해하지 말고 힘들면 힘들다고 얘기할 테니 걱정하지 마세요."

이렇게 안심시켰으나 미안해하는 기색이 역력했다. 시골 출신이라 결실의 기쁨을 알기에 수확하는 일을 힘들지 않고 재미있게 할 수 있었다. 탐스러운 귤을 따면서 나뭇가지 사이로 새파란 하늘을 보고 감상에 젖어도 보았다. 재미있게 오전 작업을 끝내고 묵은지 고등어쌈밥으로 맛있는 점심을 얻어먹었다.

오후부터는 좀 더 숙달되어 작업 속도가 더 빨라졌다. 가지 사이로 내리쬐는 햇볕이 제법 따가웠다. 정신없이 일하다 보니 초겨울 쌀쌀한 날씨인데도 이마에서 땀까지 흘러나왔다. 빽빽한 귤나무를 비집고 진노랑 귤을 따면서 스스로가 농부가 된 느낌도 받았다.

그렇게 오후 5시쯤 하루 작업을 종료했다. 귤을 따면서 큰 귤은 그냥 파지로 버려야 하는데 자꾸 아까워서 수확 상자에 넣는다고 주인으로부터 경고를 많이 받았다. 작업하면서 가장 의아해하고 아까웠던 점은 과실이 아주 큰 것은 그냥 땅에 버리라고 한 것이다. 처음에는 적응하기 어려웠다.

아주 작은 것은 당연히 상품 가치가 없겠지만 큰 것은 왜 버릴까? 다른 과일은 크고 잘생길수록 우수한 상품으로 대접받으나

직접 수확한 감귤이 노란색 콘테나에 담겼다

감귤은 너무 크면 고유의 맛이 없고 싱거워져 버린다고 한다.

작업을 끝내자 주인은 필요한 만큼 얼마든지 귤을 가져가서 지인들에게 보내주라고 했다. 그러나 조금만 얻어 와서 마음 닿는 사람들에게 택배로 보내니 참 뿌듯했다.

다음 날부터는 숙달된 실력으로 귤을 따기 시작했다. 이제는 한 손으로 2~3개를 따기도 하고 높은 곳의 귤은 귤 상자를 놓고 올라가서 따는 여유도 부리면서 작업을 했다. 노련한 숙련자들보다는 부족하지만 나름 재미와 열정으로 열심히 귤을 따자 농장 주인이 적잖게 놀라워했다.

감귤이 징그러울 정도로 많이 달린 나무는 작업 시간도 오래 걸린다. 한 그루에서 감귤을 따는 데 얼마나 걸릴까? 무려 1시간

커다란 트럭을 꽉꽉 채워 육지로 출하되는 감귤

이상 걸리는 나무도 많았다. 다 따면 대략 10kg 박스 20개 이상을 채운다. 한 사람이 하루에 예닐곱 그루 이상 따기가 쉽지가 않았다.

그렇게 며칠을 작업하고 일이 생겨 육지에 다녀왔더니 농장 주인이 먼저 귤 따기 작업을 도와달라고 전화를 해왔다. 생소한 일이고 결실을 수확하는 일이라 처음 이틀 정도는 재미가 있어 힘도 안 들었으나 사실 사흘째부터는 약간 힘에 부쳤다. 생전 처음 해보는 일이고 온종일 감귤나무를 오르락내리락하고 나무에 찍히고 긁혀가며 작업하기가 쉬운 일은 아니었다. 힘들어 그만두고 싶은 마음도 있었으나 귤 농사의 어려운 현실을 주인장에게 생생하게 들었기에 그럴 수 없었다. 이것이 주인장과의 인연이라 생각하고 계속 도와주기로 했다.

그리고 농장 지킴이 개 '누리'와 막 친해져 누리가 나만 졸졸 따라다녀 더욱 거절하기가 어려웠다.

농장에서 한 열흘 정도 작업하니 어느 정도 수확이 끝나갔다. 육체적으로는 힘들어 약간은 스스로의 함정에 빠진 기분도 없잖아 있었다. 그렇지만 어려운 농민들에게 미력하나마 힘이 되었다고 생각하니 마음이 따뜻해지며 괜히 기분이 좋았다.

농장에서 처음 따기 시작하는 감귤은 극조생이었다. 우리가 접하는 대부분의 감귤은 노지 감귤이라고 통칭한다. 극조생 감귤은 10~11월 사이에 가장 먼저 출하하고 노지 감귤은 대부분 11월 이후에 출하한다. 노지 감귤 수확이 끝나갈 즈음 고급 감귤로 개량한 한라봉, 천혜향, 천지향 등을 수확한다.

올해는 귤이 익는 시기에 비가 많이 와서 당도가 떨어지고 반면에 출하량은 많아 가격이 하락했다고 한다. 내가 도와준 농장은 1,500평 정도 귤밭에서 생산되는 귤을 대부분 인터넷으로 판매해 그나마 이윤이 생기지만 농협에 출하하면 유통라인이 길어져 큰 이익이 없다고 한다. 거기에 더해 올해는 경기 침체로 소비까지 둔화되어 농민들을 더욱 어렵게 만든다는 얘기가 마음을 불편케 했다.

2 오일장에서 어릴 적 추억을 소환하다

오일장 하면 가슴속 아주 따뜻한 기억으로 남아 있는 고향 장터와 악착같이 살다 가신 어머니가 떠오른다. 어쩌면 고향의 장터는 내게 최고의 놀이터였고 우리 가족에게 생명의 젖줄과도 같은 곳이었다. 온 가족이 발버둥 치며 농사를 지어 그 결실을 시골 오일장에 내다 팔아야 돈을 마련할 수 있었기 때문이다.

희망보다는 절망이 앞섰고 기쁨보다는 슬픔이 많았던 시절이 있지만 부모님은 고달픈 생활 속에서도 고향의 오일장에서 물건을 팔아가면서 끝까지 최선을 다해 우리를 길러주셨기에 오일장은 어머니의 장이기도 하다.

제주에서 재래시장을 자주 이용한다. 사람들의 살아가는 이야기를 듣고 구수한 사람 냄새를 맡을 수 있고 어릴 적 추억도 느낄 수 있기 때문이다. 어릴 적 엄마 따라 다니던 시골 장터의 기억 때문에 지금도 시장에 가면 마음이 푸근하기만 하다.

세월이 흐른 지금 모든 것은 다 변하고 오일장도 많이 변했으나 물건을 사고파는 사람들의 마음만은 옛날 모습을 닮았다. 물건값은 저렴하지만 부르는 가격에 깎아달라고 밀고 당기는 흥정도 재미있고 파는 분이 덤으로 더 주시면 한없이 고맙기도 한 곳이 오일장이다. 파는 사람과 사는 사람 모두가 마음을 나누면서 서로 소통하고 덕담도 나누며 그리움이 쌓이는 곳이다.

제주민속오일장은 약 100년의 전통을 가진 전국 최고의 오일장이다. 관광객뿐만 아니라 지역민들도 많이 이용하며 농민들이 직접 기르고 수확한 농산물을 저렴하게 구매할 수 있어서 좋다. 관광객들은 시장에서 직접 시식하고 흥정해 제주의 농수산물을 저렴하게 구입해 택배로 바로 배송한다. 제주민속오일장은 아주 커 반나절은 족히 구경하며 놀 수 있는 곳이라 이보다 더 좋은 놀이터가 또 있을까 싶다.

비가 주룩주룩 내리는 날 민속오일장을 찾았다. 먼저 허기진 배를 달래려 식당 골목으로 갔더니 평소 유명하다고 소문난 집에는 이미 기다리는 사람들이 길게 줄을 서 있었다. 옆집도 팔아주면 좋겠다는 생각에 옆집에 편안하게 자리를 잡고 장터에서 가장 맛있는 국밥으로 든든하게 배를 채우고 장보기에 나섰다.

제주에서 처음 본 양애(양하)가 식욕을 돋운다는 얘기에 한 무더기, 겨울임에도 싱싱함이 살아 있는 오이 한 꾸러미, 생선가게에서 가격이 저렴하다는 생각에 갈치와 옥돔도 샀다. 과일가게 골목에는 눈이 부실 정도로 화려한 귤들의 색상을 구경만 하고 옷가게 골목으로 갔다. 겨울용 등산장갑과 목도리를 구입하고 호떡가게 앞을 지나는데 식사한 지가 얼마 되지도 않았지만 잘 익은 호떡이 풍기는 냄새에 갑자기 식욕이 돋아 그냥 갈 수가 없었다.

시장에서 산 호떡을 다니면서 먹는 것이 처음에는 많이도 어색했지만 이제 적응해 없어서 못 먹는다. 아직도 가끔 아내는 나의 이런 모습에 놀란다. 형식적 체면치레에서 벗어나 조금 가벼운 마음으로 사니 너무 편하다. 이제는 매사에 참 많이도 느긋해졌다.

오일장에서 생동감 넘치는 진솔한 삶을 살아가는 상인들을 만나면 나도 활력이 되살아나는 기분이다. 시장에서 열심히 장사하시는 인정 많은 그분들은 모두 내 인생의 훌륭한 스승들이다.

또 어느 초겨울 기습 한파가 닥친 날, 마침 세화 장날이라 세화 오일장으로 향했다. 세찬 바람의 위력을 느껴보기 위해 해안도로를 달렸다. 종달리와 하도리 앞바다에서 바람에 일렁이는 새하얀

파는 사람과 사는 사람이 모두 마음을 나누는 오일장

파도가 금방이라도 우리를 집어삼킬 것 같았다. 이 와중에 비바람을 헤치고 올레길을 걷는 사람들도 있었다. 새하얀 포말을 끊임없이 쏟아내는 오조리, 하도리, 종달리 해안을 지나 세화 해변가에 위치한 오일장에 도착했다. 이런 날씨에도 시장에는 많은 사람이 붐볐다.

세화오일장에서 미역 3,000원, 가지 5,000원, 대파 3,000원, 대정 양파 4,000원어치를 사고 생선가게로 갔다. 손님을 기다리는 싱싱한 갈치, 조기, 고등어 너머 한쪽에 요즘 많이 잡히는 삼치가 가득했다. 아내가 삼치 가격을 흥정한다.

그런데 크기가 무려 1미터 가까이 되는 삼치가 만 원이란다. 너무 싸다는 생각에 펜션 하는 범린이네와 나눌 겸 한 마리를 추가해서 각각 손질해서 담았다. 돌아서 나오려 하는데 생선가게 아주머니께서 말을 건넨다.

"싱싱한 아귀는 안 사수꽈? 뗠이 네 마리에 만 원 맞씀, 쌉써."

싸도 너무 싸다고 생각하고 아주머니의 간절한 권유를 뿌리칠 수 없어 네 마리를 샀다. 두 마리는 국거리용으로, 두 마리는 바로 범림이네에서 아귀수육을 해먹을 요량이었다. 큰 삼치 두 마리, 아귀 네 마리 해서 도합 3만 원어치를 구입하니 장바구니가 무거웠으나 마음은 이미 부자가 되어 발걸음은 아주 가벼웠다.

점심때가 돼서 그런지 역시나 식당가에 사람이 북적거렸다. 시장 가면 즐기는 호떡을 사서 먹으면서 구경을 다녔다. 과일가게 거리에는 옅은 노랑에서 주황색까지, 채도도 명도도 화려한 감귤이 지천이다. 역시 제주스럽다는 생각이 들었다. 구경만 하고 지나가려니 괜히 장사하시는 분들에게 미안한 생각이 들었다. 뭐라도 팔아드려야 마음이 편할 것 같아 밤고구마 한 소쿠리를 만 원에 사고 오늘의 장보기를 종료했다. 마지막으로 사람들이 북적거리는 장터 식당에서 보리밥 정식을 단돈 5,000원에 맛있게 점심으로 먹었다.

장보기를 마치고 범린네 펜션에서 일을 도와주고 저녁에는 생아귀수육으로 포식까지 할 수 있었다. 이것이 바로 만 원의 행복이겠지. 생아귀를 그렇게 저렴한 가격에 구입할 수 있는 곳은 오일장뿐이다. 제주 오일장의 농수산물은 대부분 제주의 세찬 바닷

어느 아이돌의 뮤직비디오에 나올 듯 아름다운 세화 앞바다

바람을 맞고 자란다. 육지보다 싱싱하고 가격이 저렴하다. 그러나 공산품은 대부분 육지에서 건너와 육지보다 조금 비싸다고 느낄 것이다.

싸고 맛있는 것이 많은 제주 오일장, 나의 제주 오일장 사랑은 계속될 거다.

3 동네책방 제주풀무질에 마실 가다

새해 들어 반갑지 않은 겨울비가 며칠째 계속되어 밖으로 잘 다니지도 못하고 집에 머물렀다. 무슨 재미난 일이 없을까 생각하다가 좋아하는 책방 구경을 가기로 했다.

제주의 동쪽 구좌읍 세화리, 평소 관광객이 북적이는 세화해변을 조금 벗어난 한적한 골목길에 동네책방 제주풀무질이 있다. 풀무질에는 좋아하는 책도 많지만 내가 좋아하는 주인장을 만나기 위해 자주 마실을 간다.

제수풀무질은 작은 동네책방으로 특정 책을 홍보하지 않고, 베스트셀러도 선정하지 않는 사랑방 같은 곳이다. 서점의 주인장은 '사장님'이나 '책방 주인'으로 불리는 것은 극구 사양하고 자칭

책방 일꾼이라며 그렇게 불리기를 원한다.

풀무질은 1986년 서울 대학로에서 시작된 서점이다. 1993년 주인장 일꾼이 책방을 인수받아 우리나라 인문사회 서적 전문점의 맥을 이어오다 10여 년 전부터 적자가 쌓이기 시작해 늘어난 빚을 감당하기 어려워 2019년 봄에 그만두었다. 아이러니하게 책방을 정리한다고 한 다음부터 가족들과의 사이가 좋아졌다고 귀띔도 해주었다.

주인장은 지난해 출간한 자전적 서적《책방 풀무질 동네서점 아저씨 은종복의 25년 분투기》에서 이렇게 썼다.

> 처음 책방 일을 했을 때가 스물여덟, 청춘을 책방 일에 모두 바쳤고 남은 건 빚이요, 얻은 건 아내와 아들이다.

서울의 책방을 정리하기까지 많은 고민을 거듭하다 마침 서점의 정체성을 이어갈 젊은 청년 네 명이 혜성처럼 나타나 책방 폐업에 대한 부담감을 덜고 그들에게 책방을 인계하였단다.

그렇게 가벼운 마음으로 제주에서의 생활에 부푼 기대를 안고 내려왔다. 한 1년 정도는 쉬면서 천천히 살아갈 방법을 고민하려 했으나 운명이 그를 놔두지 않았다. 신의 장난인지 풀무질 주인장은 본인의 의지와 상관없이 불과 며칠 쉬지도 못하고 제주풀무질이란 이름의 동네책방을 다시 시작하게 되었다.

지역의 돌로 신축한 동네책방 제주풀무질

마을 안쪽 조용한 시골집을 고치고 손질하여 화려하지 않지만 소박하고 아늑한 책방 제주풀무질을 열었다. 그는 책방을 방문한 모든 손님에게 책을 통해 소통과 만남의 장소를 제공한다는 목표를 추구한다고 한다.

책방에는 젊은 여행객을 위한 에세이나 여행의 가치를 높여주는 책들, 삶의 의미를 더해주는 깊이 있는 산문들이 주로 진열되어 있다. 햇살이 들어오는 창가에는 평소 우리가 희라샘이라고 부르는 주인장의 아내가 손수 한 땀 한 땀 만든 조각보가 드리워져 색다른 분위기를 연출한다. 보통의 서점과는 다르게 가운데 자리에는 주로 앉아서 책을 읽거나 담소를 나누는 자리가 마련되어 있어 따뜻한 인간미를 느낄 수 있는 동네책방이다.

주인장 부부는 책을 팔면 좋겠지만 굳이 책을 사지 않아도 손님이 책방에 마련된 자리에 앉아 읽는 것 역시 좋아한다. 단 판매를 위한 책이니 손자국이 남지 않도록 조심해야 한다.

서점 한 쪽 공간에는 풀무질만의 색깔, 가치를 느낄 수 있는 책들이 진열된 보물 같은 장소가 나온다. 주인장이 인문학 전문 서점을 22년 동안 운영하면서 쌓은 노하우로 직접 선정한 인문학 서적 100권을 골라 진열하고 책 제목을 손수 적어서 붙여놓았다. 주인장의 인문학에 대한 스케일과 인문학 사랑에 갈 때마다 감탄한다.

얘기 나누기를 좋아하는 밝고 순수한 주인장이 손님에게 책방을 설명하고 풀무질의 역사와 살아온 얘기를 나누면 곁에서 희라샘은 본인 자랑을 한다고 핀잔 아닌 핀잔으로 놀린다.

꼬마 손님에게도 신나는 곳이다. 주인장은 꼬마 손님과 눈을 맞추고 친구가 되어 동화책을 읽어주거나 재미있는 얘기를 들려주며 같이 노는 걸 즐긴다. 그사이 부모는 마음껏 책구경이 가능하다.

위 제주풀무질 주인장의 철학
아래 아늑한 분위기에 책 읽기 좋은 제주풀무질 내부

제주의 풀무질을 보면서 우리나라 서점들이 거대 자본에 매몰되어가는 현실이 안타까웠다. 대형서점과 온라인서점에 밀려 동네서점이 사라지는 요즘, 개성 있는 동네책방들이 어려운 환경 속에서도 조금씩 생겨나서 다행이다. 다양한 종류의 서적을 빽빽하게 발 디딜 틈도 없이 쌓아놓고 손님들을 기다리는 대신 손님과 공감하고 소통하며 함께 새로운 문화공간을 만들어간다는 소박한 꿈을 가진 동네책방이 새로운 형태의 사랑방으로 의미를 찾아간다. 자연스럽게 지역에서 새로운 문화의 장으로 자리매김하면서 북 콘서트, 독서 토론회와 작은 공연이 열리는 공간으로도 활용되고 있다.

동네책방이 늘어나니 많은 사람의 눈에 책방들이 안정적으로 운영되는 것처럼 보이나 현실은 그리 녹록지가 않다고 한다.

제주풀무질 주인장도 새로 책방을 열고서 워라밸을 기대했지만 경제적인 문제가 책방에서 해결되지 않는다고 한다. 주변에서 일용직을 알아보았지만 자리가 많지 않았고 어렵게 고정직을 구했으나 제주 경제의 위축으로 자리를 잃고 말았다. 그 와중에도 시간을 쪼개 작은 서점을 살리고, 지역의 문화창달을 위해 분주하게 노력하는 모습이 안쓰러울 때가 많지만 정신적으로는 행복해하는 모습은 보기 좋았다.

평소 책방 운영과 사생활에서 몸소 실천하고 행동하는 양심가의 모습을 보이는 주인장에게 많은 감동을 받는다. 어쩌면 동시

제주풀무질은 '제주시 구좌읍 세화합전2길 10-2'에 새 보금자리를 마련해 옮겼다

대를 사는 사람으로서 내가 배울 점이 많아 제주풀무질 책방 마실을 좋아하는지도 모르겠다.

제주풀무질이 지역민과 여행객에게는 정이 넘치는 사랑방이 되고 주인장의 워라밸이 실현되기를 기대해본다. 오늘도 풀무질에서 잘 놀고 보고 싶은 책도 사서 즐거운 마음으로 집에 왔다.

4 도시의 번잡함을 피해 표충사를 찾다

연말과 신년을 가족들과 함께 보낼 생각으로 육지로 나갔다. 오랜만에 방문한 육지에서는 여러 가지 일들이 기다리고 있었다. 밀린 집안일도 처리하고 그동안 못 만난 사람들도 만나며 바쁘게 움직였다.

그렇게 며칠 지나니 머리가 아팠다. 청정 제주에서 느리게 스트레스 없이 살았는데… 이곳 번잡한 도시에서 잠시나마 벗어나고 싶어졌다. 그래서 즐겨 찾던 통도사 무풍한송길을 걸어볼까 생각하다 밀양 행랑채 비빔밥도 그립고 한동안 못 가본 표충사가 생각나고 겨울 산사의 고즈넉함까지 그리워 밀양으로 향했다.

오랜만에 달리는 밀양 가는 길이 조금 낯설게 느껴지기도 했

주위에 아무도 없어 내 길인 듯 걸은 표충사 입구 솔밭길

다. 교통량이 많지 않아 천천히 달리면서 그동안 그립던 주변의 풍광들을 즐겼다. 점심 요기를 하러 밀양 행랑채에 갔더니 평일인데도 손님이 많아 한참을 기다려야 했다.

행랑채는 내외부의 전체적인 분위기가 이름과 아주 잘 어울린다. 세월의 흔적이 느껴지는 친환경적 분위기와 소박한 밥상이 좋아 평소 즐겨 찾는다.

오랜만에 행랑채에서 맛있는 식사를 끝내고 표충사로 가면서 주변에 카페나 펜션들이 많이 늘어난 것을 보고 적잖게 놀랐다. 표충사 사하촌에는 관광단지를 조성해 대형 주차장도 만들어져 있으며 어린이 놀이시설들이 새롭게 들어섰다. 상업시설이 자꾸 늘어나는 모습을 바라보니 내 마음이 편치는 않았다.

일주문 근처까지 자동차 진입이 가능하지만 겨울 산사 정취가 좋아 자동차를 한참 아래에 있는 사하촌 관광단지에 주차하고 사찰까지 걸어가기로 했다. 사찰 진입로에 들어서니 언제 정비했는지 소나무 숲속 산책로가 아주 운치 있게 조성되어 있었다. 주위에 아무도 없어 오롯이 우리만의 길인 양 즐기며 걸었다.

이 산책로에는 상사화의 슬픈 전설이 적힌 표지판이 여러 곳에 설치되어 있어 상사화 군락지로 조성했음을 알 수 있었다. 한참을 걸어가니 신기하게도 다비장이 나왔다.

불교에서 다비는 '불에 태운다는 뜻으로, 스님이 열반하시면

표충사 스님 다비장

화장(火葬)하는 일'을 이른다. 이렇게 다비식을 위한 다비장을 만들어놓은 것은 처음 보았다. 다비장 옆 곳집에 보관된 나무를 보면서 어릴 때 동네 상엿집에 대한 추억과 청년 시절 고향에서 직접 상여꾼으로 참여했던 소중한 경험이 새록새록 되살아났다.

다비장을 지나면서 나도 모르게 엄숙한 마음이 들며 장례에 대한 여러 생각과 많이 존경했던 법정 스님의 소박한 장례가 떠올랐다. 스님은 무소유를 몸소 실천하신 분이다.

> "번거롭고, 부질없으며, 많은 사람에게 수고만 끼치는 일체의 장례의식을 행하지 말고 관과 수의를 따로 마련하지도 말며, 편리하고 이웃에 방해되지 않는 곳에서 지체없이 평소의 승복을 입은 상태로 다비하여 주고 사리를 찾으려고 하지 말며, 탑도 세우지 마라."

스님의 이 유언에 따라 다비식은 스님께서 오래 머무신 송광사에서 관도 수의도 없이 나무 평상에 평소 입던 적삼을 걸치고 그 흔한 만장이나 주위에 뿌려지는 꽃 하나 없이 거행되었다. 다비식 외에 영결식이며 다른 행사도 없이 그냥 우리의 마음속에 하나이 꽃으로 승화되셨다.

나이가 들면서 나도 죽음에 대해 자주 생각한다. 시신이 조금

흉측하게 느껴질 수 있으니 그냥 허름한 관을 사용하면 좋겠다. 다들 수의에 많은 의미를 부여하지만 평소 즐겨 입던 옷을 깨끗하게 세탁해서 마지막 가는 길에 입혀주면 더 편하지 않을까 생각한다. 기회가 되면 이를 유언으로 남기고 싶다.

우리나라의 장례는 망자와 완전한 이별이 아니라 이승과 저승을 이어주는 가교의 절차이고, 유족들에게는 문상을 통해 슬픔을 나누는 의식이다. 하지만 나는 죽음은 끝이라고 나는 확신한다. 내가 죽은 뒤에 지인들이 와서 술을 따르고 절을 하는 게 무슨 의미가 있을까? 다 부질없는 일들이 아니겠는가? 장례식 대신 가능하다면 내가 살아 있으나 죽음이 얼마 남지 않았을 때 사랑하는 사람들과 이별의식을 갖는 것이 좋겠다.

이러한 이야기를 아내에게 했다가 아내와 말다툼까지 벌였다.

"본인만을 생각하는 너무 이기적인 발상이다."

이러며 아주 심하게 반발해 본전도 찾지 못했다.

한편으로 생각해보면 가족들의 생각이 틀린 것은 아니지만 그래도 내가 죽기 전에 세상에 남겨지는 사랑하는 사람들에게 고맙다는 인사를 나누고 미움이 남아 있으면 떨치고 떠날 기회가 주어졌으면 한다.

표충사 입구 노송 산책로를 거쳐 경내로 들어갔다. 그래도 가장 보고 싶었던 표충사의 모습은 대웅전 뒤로 병풍처럼 둘러 우뚝 솟아 있는 사자봉과 수미봉이다. 가파른 산세와 신비로운 자태의 기암들이 표충사의 위엄을 지켜주는 것 같고, 나도 압도당하는 느낌이다.

표충사는 신라 시대 고찰이지만 조선 시대에 사명대사의 충혼을 기리기 위해 사당을 지으면서 표충사(表忠祠)란 유교적인 이름으로도 불리게 되었다. 표충사 경내에는 임진왜란 때 승병을 일으켜 나라를 구한 사명대사, 서산대사, 기허대사의 위패와 진영을 모신 유교 사당이 있다. 그래서 불교와 유교 문화가 공존하는 사찰로 유명하다.

표충사의 현판이 붙은 사찰 입구 문 '수중루'는 보통의 사찰과 달리 누각 형태로 지어져 있다. 경내로 들어서면 먼저 서원과 사당이 있으며 유생을 교육하는 유교 영역의 마당을 만난다. 거기에서 한 계단 더 올라 사천왕문을 통과하면 불교의 영역에 해당하는 특이한 구조를 가진 사찰 마당이 펼쳐진다.

새해를 맞아 표충사를 방문하여 좋은 기운도 받고 아름다운 노송 산책로도 걷을 수 있어 더없이 좋았다.

표충사의 겨울 산사 분위기를 만끽하고 나오는데 길가에 밀양 일음골 케이블카 안내 현수막이 보였다. 나도 모르게 심기가 괜히 불편했다. 얼마 전 언론에서 울산시와 울주군이 수려한 능선과 여러 계곡, 아름다운 억새 평야를 가진 영남알프스의 중심산

사찰 뒤 산 봉우리가 표충사를 지켜주는 것 같다

신불산에 케이블카 설치를 추진한다는 기사를 봤기에….

한때는 케이블카가 각 지자체의 황금알을 낳는 사업으로 여겨져 여기저기 케이블카 건설붐이 일었다. 심지어 지리산과 설악산까지 케이블카 설치가 추진되었고 아직도 많은 지역에서 케이블카 설치 문제로 민관의 갈등이 계속된다.

밀양 얼음골 케이블카도 환경 훼손을 우려, 강력한 반대에도 불구하고 2012년도 개통하였으나 개장 1년 만에 장밋빛 환상이 깨져 지금은 적자를 면치 못하고 있다는 보도를 씁쓸한 마음으로 보았다. 그래서 밀양시에서는 억새군락지의 환경 훼손을 감수하면서 당초 약속과는 달리 등산로를 개방하여 경제 논리에 맞추려 하고 있으나 적자를 쉽게 면치 못해 앞으로 애물단지가 되지 않을까 하는 염려를 해본다. 그런데 얼음골 케이블카와 얼마 떨어지지 않은 신불산에 또 케이블카를 건설하려 한다니….

다른 곳의 실태를 거울삼아 제발 우리가 빌려 쓰는 이 지구를 더 이상 훼손시키지 말았으면 하는 간절한 마음을 가져본다.

5 김영갑에 경의를 표하다

10여 년 전 지인 모임에서 제주도를 여행한 이야기를 앞에서 했다. 당시 본향당, 바다할망당, 돌문화공원과 곶자왈을 둘러보았는데 사진을 전공하신 승우 아버님께서 지금껏 느껴보지 못한 제주의 진수를 맛볼 수 있는 곳으로 안내한다며 두모악갤러리로 일행을 이끌었다. 갤러리에 대한 설명을 들으며 시골 구석까지 한참을 달려 김영갑을 사진으로 처음 만났다.

움직이는 바람을 사진으로 표현하는 실력파이며 '지금까지 보지 못한 제주다운 사진을 많이 찍었구나'라는 느낌을 받았다.

'김영갑은 쉽지 않은 삶인데도 20여 년을 자기가 좋아하는 일에 미쳐 살았으니 어쩌면 외로웠지만 불행하지는 않았을지도 모

목숨을 바쳐 제주 풍광을 찍은 김영갑의 두모악갤러리

르겠다.'

이런 생각도 들어 그에 대해 호기심이 생겼다. 갤러리에 비치되어 있던 그의 책《그 섬에 내가 있었네》,《김영갑 5주기를 추모하며》를 구입하고 마감 시간에 쫓겨 재미있게 꾸며놓은 갤러리 정원을 급히 둘러보고 서둘러 나와야 했다.

여행이 끝나고 이상하게 두모악갤러리에 대한 잔상이 많이 남아 갤러리에서 산 책을 단숨에 읽고 강한 집념으로 살아간 그의 삶에 큰 감동을 받았다. 비슷한 시기에 나도 그와 같이 산업역군이 되겠다는 꿈을 안고 공업계 고등학교에 진학해 기술을 배웠다. 그렇게 국가 경제발전을 위한 기술인이 되어야 함에도 전혀 다른 길을 찾아 몸부림치고 치열하게 살아간 인생 역경이 닮아 그의 삶에 공감하며 연민의 정까지 느꼈다. 바람이 좋고 그 바람에 흔들리는 제주가 좋아 자신의 목숨을 바치며 제주의 풍광을 사진에 담은 김영갑, 제주에 가면 꼭 다시 그를 만나보겠다고 다짐했다. 하지만 이후 몇 번의 제주 여행에서 이상하게 그와 인연이 닿지 않았다.

그러다 제주에 살면서 자주 두모악갤러리를 찾는다. 지인들이 방문하면 사진으로라도 순수한 제주의 매력을 느껴보라고 거의 빠지지 않고 갤러리로 안내했다. 매번 갈 때마다 조금 더 겸손한 마음으로 제주도를 이해하고 바라보는 여유가 생기고 새로운 것도 보였다.

이제 제주도에서 산 지도 거의 1년이 되어간다. 제주 속에서 다양한 방법으로 제주를 즐기고 있다. 갑자기 아내가 김영갑의 겨울 오름 사진이 보고 싶다고 하기에 김영갑갤러리로 달려갔다. 여러 번 갤러리를 찾았지만 오늘은 우중충한 날씨 탓인지 왠지 더 짠한 기분이라 갤러리에서 김영갑을 가슴으로 그리고 온몸으로 느끼고 싶은 마음이 간절했다.

갤러리에 방문할 때마다 입구에서 만나는 카메라를 맨 돌하르방은 조금은 익살스러운 표정이지만 제주스러운 작가 김영갑을 연상시킨다.

은은한 조명이 작품을 비추는 전시실 공기가 오늘따라 묵직하다. 흑백사진에 담긴 제주의 신과 같은 한라산, 외로운 섬 마라도, 죽은자와 산자를 이어주는 무덤과 동자석, 제주의 상징 해녀와 바다가 더욱 중후하게 느껴진다. 날것 그대로의 제주 풍경과 섬 사람들의 질박한 삶이 노골적으로 다가온다. 산, 오름, 바다가 바람, 구름, 안개, 비, 눈, 햇살, 노을을 만나 만들어진 사진이 최고의 황홀경을 선물하고 있다.

영상실에서는 죽음을 목전에 두고 앙상하게 뼈만 남은 모습으로 제주에서의 삶을 담담하게 풀어놓는 그를 또 만났다. 섬을 사랑하다 스스로 섬이 되어버린 그, 여러 번 시청했지만 특히 오늘 마주하는 영상이 가슴을 더 먹먹하게 하고 숙연한 느낌마저 들게 하는 것은 왜일까?

갤러리 앞 정원으로 나갔다. 제주 현무암을 쌓아 만든 화단 돌담 위에 약간은 익살스러운 표정으로 앉아 있는 다양한 모습의 토기 인형들이 방문객을 맞이한다. 사랑하며 미워하고 함께 웃고 우는 우리의 감정을 표현하는 느낌이다. 김영갑은 갤러리 마당 정원의 돌덩이 하나, 나무 한 그루까지 일일이 투병 생활을 하던 와중에도 스스로 가꿨다고 한다.

김영갑은 제주를 너무 사랑해 카메라를 둘러메고 제주에 눌러앉아 살다가 제주에서 병을 얻어 제주에서 영원히 눈을 감고 한 줌의 재가 되어 영혼과 열정을 모두 바친 이곳 갤러리 마당에 뿌

위 김영갑은 투병 생활 중에도 정원의 나무 한 그루까지 손수 가꾸었다
아래 제주의 옛모습을 담은 사진을 전시하는 갤러리 내부

려졌다. 그가 그토록 사랑했던 섬 제주, 그 섬에 그는 영원히 잠들었다. 오늘따라 정원을 걷는 동안 문득문득 그에 대한 생각이 애틋한 슬픔으로 변한다. 지금 그의 육신은 떠나고 없지만 그의 영혼은 영원히 남아 갤러리를 가꾸고 제주를 지키고 있다는 생각이 안도감으로 밀려온다.

김영갑은 제주도의 정신과 뿌리를 사진에 담아 우리에게 제주의 이야기를 아름답게 들려준다. 고독하게 죽어가면서 어렵게 얻은 폐교를 혼신을 다해 전시관으로 만들어 두모악갤러리라는 이름으로 우리에게 선물로 남겼다. 갤러리는 그의 삶이 결코 헛되지 않았음을 증명한다.

오늘도 제주의 동쪽 구석진 시골에 있는 두모악갤러리에는 때묻지 않고 순수한 제주의 옛모습이 그리운 사람들의 발길이 끊이지 않는다.

김영갑의 작품을 통해 제주의 옛 모습을 일부 볼 수 있어 다행이다. 옛 제주가 그리우면 그리울수록 두모악갤러리는 우리 곁에 소중한 자산으로 자리매김할 것이다. 김영갑의 영혼도 제주의 바람과 돌 그리고 햇빛 속에서 영원히 기억될 것이다.

6 용눈이오름의 아픔을 보다

세월이 정말 빠르게 흘러 새로 시작한 1월이 벌써 중순을 지나간다. 얼마 전 두모악갤러리에서 사진으로 만났던 용눈이오름이 그리워 계획도 없이 찾아갔다. 평일이지만 이미 주차장이 만차라 한참을 기다려 겨우 주차했다.

용눈이오름은 가까이에 제주의 동쪽 인기 관광지가 몰려 있어 여행객이 많이 찾는다. 탐방로 입구에는 목책 문이 두 곳 설치되어 있어 사람이 몰릴 때는 줄을 서서 대기했다가 겨우 지나갈 정도이다. 자연스럽고 수려한 능선의 흐름이 흡사 어머니의 젖가슴을 연상시키는 아름다운 곡선미가 장관이며 탐방로의 경사가 완만하고 길지 않아 편안하게 오를 수 있다. 오름 입구에서 젊은 사

아름다운 곡선미를 뽐내는 용눈이오름

람들이 사진을 찍는다고 위험하게 나무울타리에 올라가 포즈를 취하는 모습에 뭐라고 하고 싶었지만 송악산 사건으로 아내와 크게 싸웠던 아픈 기억이 떠올라 간신히 참았다. 심기가 편하지는 않았다.

제주의 오름은 사유지인 곳이 많다. 용눈이오름도 아래쪽은 사유지라 현재 말 목장으로 사용되기에 나무울타리를 설치해 관광객을 보호한다. 나무울타리가 없을 때는 관광객이 말에게 받히는 사고도 종종 발생했다고 한다. 탐방로 바닥은 과거에는 고무 매트를 깔았으나 지금은 친환경 야자수 매트로 바꿔 오름 훼손을 어느 정도 막아준다.

탐방로를 따라 조금 올라가면 정상으로 가는 갈림길을 만나게 된다. 조금 빨리 가는 왼쪽과 능선을 많이 돌아가는 오른쪽 길이 있다. 당연히 사람들이 왼쪽 길로 주로 다녀 더 많이 훼손되어 있었다. 그러나 우리는 매번 사람이 덜 붐비는 오른쪽을 선호한다. 오른쪽 탐방로도 많이 훼손되어 토사가 흐르는 것을 겨우 붙들고 있는 정도이다.

정상에 자리한 의자에 앉아 눈앞에 장대하게 펼쳐진 풍경을 감상하며 여유로움을 즐기는 사람들이 아주 평화로워 보였다. 앉아 있는 사람들이 일어날까 해서 주변에서 한참을 서성거렸지만 아무 기미가 보이지 않아 포기하고 한적한 곳에서 불어오는 바람에 온몸을 맡기고 주변의 풍광을 마음껏 즐겼다.

그런데 지금 밟고 있는 정상의 바닥은 이미 풀 한 포기 없이 맨살을 그대로 드러낸 흉물스러운 모습이었다. 내려오는 길은 더욱 심각했다. 왕래하는 사람이 많아 깔아놓은 바닥 매트보다 훨씬 넓게 길이 만들어져 양 가장자리로 토사가 심하게 흘러내렸다. 그 길을 밟고 지나가는데 오름에게 부끄럽고 미안해졌다.

훼손이 많이 진행된 용눈이오름의 일부는 생태계 복원을 위해 출입을 통제한다. 하지만 부분적인 땜질식 처방이 아니라 전체적이고 강력한 조치가 필요해 보였다. 거의 최악의 단계까지 왔기에 더 늦기 전에 적극적인 복원을 해야 한다. 아니, 어쩌면 이미

위 사람이 많이 다녀 훼손된 오름 정상
아래 훼손이 덜된 오른쪽 탐방로

복원하기에 너무 늦은 것은 아닌지? 괜히 내 마음이 조급해졌다. 이곳만이 아니라 관광객이 많이 찾는 인기 있는 오름들은 대부분 심각하게 훼손되어 있었다.

지난여름 '에코투어'에 참석했을 때 바이크와 자동차 바퀴로 몸살을 앓고 있는 한라산의 모습을 보고 가슴 아파했던 기억이 생생하다. 오프로드 차량 동호회가 달렸던 자리에는 바퀴가 할퀸 깊은 상처 자국이 선명하게 남아 있었다. 그 모습을 보고 "아니, 제주도의 깊은 산속에까지?"라며 무척 놀랐다.

조금 더 위에는 오토바이와 산악자전거 바퀴 자국이 숲속 산책로 전체를 덮고 있었다. 훼손된 탐방로는 이미 본래의 모습을 잃었다. 청정 제주의 중산간 깊은 산속까지 헤집고 다닌 흔적에 마음이 무척 아팠다.

쉼이 필요한 사람들은 제주 오름을 찾아 지친 육신과 정신을 위로받는다. 이제는 많은 오름이 사람들로부터 벗어나 진정한 쉼이 필요한 상태이다.

갑자기 보고 싶어 찾아간 오름에서 우리는 위로받고 왔으나 오름에게는 아픔을 주고 온 것 같아 미안해졌다. 김영갑 작가가 진정 사랑했던 오름은 지금처럼 훼손된 오름이 아니었겠지?

제주도에서도 오름의 훼손 방지와 생태계 보존 방안을 다방면으로 연구 중이다. 훼손이 아주 심한 오름은 생태계 보전을 위해 휴식년을 이미 실시하고 있고 추가로 필요한 곳을 위해 휴식년제 확대를 적극 검토 중이란다.

※ 나의 간절한 바람이 통했는지 용눈이오름도 훼손 방지를 위한 휴식년이 시작되었다.

7 때 이른 봄마중 라이딩

봄철 어김없이 찾아온 미세먼지로 며칠째 바깥출입을 줄이고 집 안에서 뒹굴뒹굴하며 지내고 있는데 육지에 사는 친구에게 전화가 왔다.

"제주에는 미세먼지가 없지? 여기는 미세먼지가 심해서 바깥출입하기가 두려울 지경이야."

제주에 있는 내게 안부를 물으며 한 말이다.

"여기 제주에도 미세먼지가 심해 며칠째 집 안에만 있어."

친구는 내 말을 믿으려 하지 않는다.

그렇게 한동안 계속되었던 미세먼지가 사라지니 청정한 제주

내가 타는 자전거

의 하늘과 바다의 색깔이 더욱 푸르르다. 상쾌한 공기가 그리워 서둘러 아침을 먹고 가벼운 마음으로 매오름 둘레길을 두 바퀴나 돌았다. 오름 정상에서 바라본 백록담은 구름에 살짝 가려져 웅장한 자태가 흐릿했고 멀리 성산 일출봉은 푸른 바다 위에 팔작 기와지붕처럼 떠 있었다. 눈앞 가까이에 펼쳐진 푸른 바다에서는 바람에 일어나는 파도가 햇살에 반짝반짝 윤슬이 빛났다.

구름이 햇살을 살짝 가려 쌀쌀한 기온에 '봄은 저 멀리 있는가 보다'라고 생각했다. 그러나 정오쯤부터 햇살이 구름을 비겨 나와 맑게 비치자 기온이 많이 올라 포근한 느낌마저 들었다. 겨울 동안 꺼내지도 못했던 자전거를 타고 해변가 봄 마중을 나가고 싶은 생각에 가슴이 벌렁거렸다.

2월 중순이라 봄이라고 말하기에는 다소 이르나 날씨가 풀리니 성급한 마음에 봄처녀가 곧 올 것만 같은 느낌이다.

아내가 육지에 나가 혼자서 자전거를 타고 봄을 맞으러 출발하니 생각보다 얼굴에 스치는 바람은 아직 차가웠지만 기분은 상쾌하다. 먼저 동네를 한 바퀴 돌았다. 동네 밭에서는 당근을 수확하고 있었고 무밭은 아직 푸르렀다. 봄 농사를 준비하기에는 일러 동네 앞 들판은 조용했다. 마을 양지바른 담장 아래에는 일찍 피어난 꽃이 화사하게 만발했다.

자전거를 타고 마을길을 다니니 동네 개들이 자기 영역을 침범한다고 난리도 아니게 짖어댔지만 그래도 꿋꿋하게 마을 모습을 하나하나 돌아보며 투어를 흥미롭게 이어갔다.

면소재지 인근에 얼마 전 개업한 곰탕집에서 맛있게 점심을 먹었다. 혼자 테이블 하나를 차지해 조금은 미안했지만 다행히 점심시간이 조금 비켜난 시간이라 손님이 많지 않았다. 그런데 옆 테이블에 거동이 좀 불편하신 할아버지와 할머니가 앉더니 곰탕을 주문하신다. 특이하게 곰탕에 돌솥밥이 나오니 어르신 두 분은 어찌할 바를 몰라 멍하니 앉아 계신다. 곁에서 지켜보던 직원이 돌솥에 있는 밥을 푸고 물을 부어드리니 그때야 할아버지와 할머니가 식사를 하신다. 별일 아닌 것 같은데 친절한 식당 직원을 보니 내 기분이 좋아진다. 하마터면 내가 그 직원에게 감사하다는 인사를 할 뻔했다. 식사를 마치고 상쾌한 기분으로 다시 힘차게 페달을 밟으며 해안가로 달렸다.

해비치해수욕장 백사장과 바닷가에는 산책하는 사람, 벤치에서 사색하는 사람, 열심히 달리는 사람… 등 이미 많은 이들이 겨울 끝자락, 아니 봄의 입구에서 각자의 방식으로 바다를 즐긴다. 여름을 기다리기에 답답한 꼬맹이들은 벌써 물에 뛰어들어 물장난을 친다. 초여름이 우리 곁에 왔나 하는 착각이 든다. 젊은 부모들도 바지를 걷고 바다에 발을 담가 같이 논다. 달력의 날짜로는 분명히 봄이 아직 멀었는데 봄을 찾아 밖으로 뛰쳐나온 사람들은 이미 온몸으로 봄을 맞이하고 있었다.

제주민속촌으로 향하는 길 양옆에 핀 유채꽃은 단연 관광객에게 인기 만점이었다. 벌써 흐드러지게 핀 유채꽃밭에서 웃으며 정신없이 사진 찍는 관광객을 보는데 내가 더 흐뭇했다. 손녀가 꽃밭에서 할머니 할아버지에게 다양한 포즈를 주문하고 할머니와 할아버지가 따라서 포즈를 취하니 온 가족이 박장대소하며 즐거워하는 모습이 무척 평화롭게 보였다.

해안가로 나오니 바다 저 너머에서 봄이 오는 소리가 내 귓가에도 들리는 것 같았다. 올레꾼들의 형형색색 옷 색깔에서도 봄을 느낄 수 있었다.

해안가 양식장에 사는 이름 모를 순둥이 개는 내가 지나갈 때

가까이에 와서 꼬리를 흔들며 친한 척하더니 다시 돌아올 때 보니 계절을 여름으로 착각했는지 땅바닥에 대자로 누워 낮잠을 즐기고 있었다.

바닷가의 강태공들은 오늘도 변함없이 저 멀리 바위 위에 자리를 잡고 고기를 잡는지 봄 날씨를 낚는지 하염없이 바다를 응시하며 여유를 즐기는 것 같다. 바닷가 카페 앞을 지날 때는 활짝 열린 창문으로 오늘따라 진한 커피향이 나를 심하게 유혹했지만 숙면을 위해 오후의 커피는 참아야 했다.

봄 맞이 라이딩을 끝내고 집으로 돌아오는 길, 중학교 옆 담장 아래에는 계절 감각을 잃어버린 꽃들이 활짝 피어 있다. 내일부터 밀려온다는 꽃샘추위에 그 꽃들이 상처받지 않을까 살짝 걱정도 해본다.

자전거와 함께했던 봄 마중 나들이는 비록 짧았지만 봄이 오는 소리와 모습이 긴 여운으로 남아 마냥 즐거웠다. 겨울이 지나면 봄이 오듯이 힘든 시간이 지나면 좋은 날이 오지 않을까? 혹 오늘 하루가 힘들었다면 그건 좋은 날이 오고 있다는 증거라고 생각하자. 그러면 힘든 날도 쉽게 넘어가겠지….

코로나19로 온 나라가 걱정이다. 코로나19가 물러나고 자유롭게 여행하며 자연을 더 가까이에서 만끽하는 날이 하루빨리 오기를 바라본다.

8 동백동산
푸른 숲길을 걷다

갑자기 밀려온 반짝 추위도 물러났다. 이제 본격적으로 봄이 오려나 하는데 갑자기 날씨가 너무 따뜻해졌다. 지구 온난화로 인한 생태계의 혼란이 걱정스러울 정도로 날씨 변화가 심하다.

여행 온 아들 친구 승우 부모님이랑 동백동산을 같이 걷기로 한 날이다. 사철 언제라도 싱그러운 푸른 숲이 그리울 때면 자주 찾는 동백동산에서 탐방안내소의 사람들과 가벼운 인사를 나누고 푸른 숲속으로 빨려 들어갔다.

동백동산으로 알려진 이곳은 예부터 마을에서는 선흘곶으로 불렀다. 화산섬인 제주도에서 흔하지 않은 여러 습지가 지금까지 훼손되지 않고 원형이 보존되어온 곳이라 더욱 소중한 우리의 자산이다. 곳곳의 습지는 희귀한 동·식물의 보금자리를 제공하기에 제주 생태계의 곳간이라고 불리기도 한다. 과거에는 마을 사람들에게 생명수를 공급하던 곳이었으나 집집마다 수도가 설치되면서 지역민의 관심에서 멀어졌다.

현재 이름만 동백동산으로 동백나무보다 후박나무, 종가시나무 등 키 큰 나무가 많다. 마을 어귀로 나와야 울타리로 심어진 재래종 동백나무를 조금 볼 수 있다.

가벼운 옷차림으로 숲길에 들어서니 따스한 온기가 우리를 감싼다. 동산 내 나무는 잎이 사철 푸르름을 유지하는 난대성 상록활엽수림이 주를 이뤄 바닥에 떨어진 낙엽을 보지 않고서는 계절을 가늠하기가 어렵다. 겨울에도 이런 푸른 숲을 볼 수 있다니, 제주만이 가지는 중요한 가치가 아닐까 생각한다. 겨울인데도 숲속 암석의 새파란 이끼류와 콩짜개덩굴이 생명의 강인함과 숲이 살아 있음을 보여준다.

탐방로를 걷다 보니 거센 바람을 이기지 못해 뿌리를 드러내고 넘어진 나무도 볼 수 있다. 제주는 화산 지형이라 땅에 흙이 적어 나무뿌리가 깊이 내리지 못한다. 온통 돌뿐인 땅에서 나름 살려고 발버둥 쳤을 나무가 안쓰러웠다. 쓰러진 나무를 그대로 둔 것은 생명의 강인함과 소중함을 느껴보라는 또 다른 의미가 있는

사철 싱그러운 푸른 숲 동백동산

것 같다.

여기 동백동산에도 어김없이 4.3사건의 아픈 상처를 고스란히 간직한 도틀굴(반못굴이라고도 불린다)이 있다. 용암이 흘러 생긴 굴인데 4.3사건 당시 주민 18명이 이곳에 은신해 있다 토벌군에게 발각되어 총살되었다. 함께 표지판을 읽고 우리 모두는 숙연해졌다.

겨울에 푸르른 동백동산을 마음껏 즐기다 보니 5km 탐방로를 언제 걸어왔는지 어느새 마을 어귀에 다다랐다. 개발되지 않고 소박하게 보존된 선흘마을이 우리 마음을 포근하게 감싸주는 느낌마저 들었다. 이곳 동네 주민은 자연이 자신들의 가장 소중한 자산임을 인식하고 앞장서서 소중한 자연을 지켜나간다.

선흘리는 자연의 가치를 탐방객과 공유하고 함께 지켜나가는 생태 마을로 거듭나고 있다. 주민이 직접 참여하여 만든 마을조합에서 주민복지와 생태관광, 그리고 동백동산의 관리 위탁 운영을 담당하여 주민자치의 선구적인 모습을 보여준다. 마을이 살아나니 20~30대 젊은 세대도 모여들어 미래가 더 밝다. 다른 지역에 비해 어린이도 늘어나 동백동산에서 뛰어놀고 심지어 어린이가 생태 해설사로도 활동 중이라고 한다.

물론 처음 시작이 쉽지는 않았다. 하지만 몇몇 주민이 중심이 되어 '동백동산의 생태 환경을 보존하고 마을의 고유 문화를 주민 스스로 지켜나가자'며 적극적인 활동을 해나갔다. 주민과 행정기관, 사회단체, 전문가 등이 참여하는 협의체를 만들어 주요 사항은 끝까지 토론하여 결론을 내렸다. 동백동산을 중심으로 주변 환경을 보존하고 '마을이 학교다'라는 기치 아래 매월 진행하는 생태교육을 통해 차츰 주민들의 의식을 변화시켜 나갔다.

또 마을 어르신들의 살아온 이야기를 그림책으로 만들고 마을 사진관에 기억저장소란 간판을 달아 마을의 기록을 남기고 있다. 젊은 미술가들은 마을 주민과 함께 공공미술 프로젝트로 생태 마을지도를 만들어 마을을 살릴 가능성을 보여주었다. 주민들 사이에서도 개발이 아니라 보존도 마을에 도움이 될 수 있다는 공감대가 확산되면서 다들 달라졌다고 한다. 이제는 마을의 어느 누구라도 마을에서 무엇을 하든 동백동산 보존을 기본으로 해야 한다는 점에 공감한다.

이런 마을에 개발이라는 커다란 먹구름이 몰려오고 있다는 소식이 나를 멍하게 만든다. 굴지의 대기업이 람사르 습지 지역으로 지정된 조천읍 일대에 '제주 자연체험테마파크'를 만들려고 추진 중이라고 한다. 무려 동백동산 인근 17만여 평에 사파리, 실내동물원, 숙박시설, 휴게시설 등을 세우려 하는데 뜻있는 주민들의 적극적인 반대에 부딪혀 사업이 주춤하고 있지만 철회된 것은 아니다.

제주의 중요한 자연자산과 문화유산을 파괴하면서까지 동물원을 지어야 할 이유가 뭘까? 아무리 생각해도 답을 찾기가 어렵다. 그냥 단순하게 우리 지역에 사는 동물이 아닌 열대지역에서 살아가는 동물을 굳이 제주에까지 데려와서 우리에 가두어 관광객들에게 보여주어야 하는 이유는 뭘까? 기업은 윤리를 배제하고 이익 추구를 위해 거대 자본을 갖고 경제 논리에 따른 최대의 효과만 거침없이 추구한다. 이에 대항해 우리 각자는 자연환경을 훼손하면서 이윤을 추구하는 대기업에 단호하게 반대하는 안목을 길러야 한다.

그냥 아주 단순하게 생각해서 우리 인간들이 자연의 섭리를 거스르는 일을 가능하면 안 했으면 좋겠다.

난대성 상록활엽수림이라 계절을 가늠하기 힘들다

9 비양도에서 지친 영혼을 위로받다

아침에 일어나 커튼을 젖히니 눈부신 햇살이 안방까지 훅 밀고 들어왔다. 마음에는 벌써 봄이 왔지만 코끝으로 와 닿는 겨울 끝자락의 공기는 아직 쌀쌀하다.

코로나19로 어수선하고 불안한 마음을 청정한 섬 비양도에서 위로받기 위해 집을 나섰다. 지난여름 지인들과 동행했던 투어에서 느낀 비양도의 때 묻지 않은 청정함이 그리워 다시 찾아 나섰다. 비양도로 가는 내내 하얀 눈이 반쯤 덮인 백록담의 경이로운 모습이 자꾸 고개를 차창으로 돌리게 한다. 한림항 비양도행 여객선 선착장에 도착하니 의외로 사람이 적어 역시나 코로나19의 영향이 크다는 걸 실감했다.

한림항에서 아내와 의논을 했다.

"점심을 여기서 먹고 오후 2시 배편으로 갈까?"

"먼저 들어가자. 비양도에서 위안을 받는 만큼 식사라도 비양도에서 하는 게 좋겠어."

일찍 가자고 결론을 내리고 서둘러 정오에 출발하는 표를 샀다. 돌아오는 배편도 비양도에서 조금 더 오래 머물고 싶은 욕심에 4시 15분 표를 구입했다.

배를 타니 천년호 선장님께서 마이크를 잡고는 국가적 어려움을 국민 모두 합심해서 극복하기를 바라는 응원의 말씀을 하셨다. 그다음 안전 수칙을 위트 넘치지만 단호한 어조로 설명하셨다. 승객 모두가 박장대소하며 우레와 같은 박수로 화답했다.

그냥 기계음이나 녹음된 안내 멘트가 아닌 선장님이 제주 사투리를 섞어 구수한 입담으로 직접 설명하고 협조를 요청하시니 진짜 믿음직스러웠다. 마지막으로 선장님은 비양도의 돌멩이 하나하나가 청정 비양도를 구성하는 요소이니 소중히 다루어주시고 가능하면 섬에서 생긴 쓰레기는 되가져 와달라고 간곡히 부탁했다. 청정 비양도를 진정으로 사랑하며 지키려고 노력하시는 분으로 느껴져 오히려 고맙다는 생각이 들었다.

비양도의 기원에 대해 대부분의 관광 해설 자료는 약 1000년 전 화산 활동으로 생겼다고 설명하나 내가 찾아본 유력한 자료에는 '그보다 훨씬 오래전에 육상 화산에 의해 생겼고 이후 해수면이 솟아올라 섬이 된 곳'이라고 설명되어 있는데 그게 더 믿음이 갔다. 지난 2002년에는 비양도에서 화산폭발이 있은 지 1000년이 되는 해라고 천년기념축제를 대대적으로 개최했다. 선착장에는 드라마 〈봄날〉을 촬영한 곳이라는 안내판과 함께 천년기념비도 세워져 있었다.

섬에 내리는 순간, 가장 먼저 참 고요하다고 느꼈다. 여기도 소문난 관광지인데 전혀 관광지답지 않게 조용해서 저 멀리 외딴섬에 내린 기분이랄까? 섬에 발을 내디디고 뒤를 보는 순간 나도 모르게 멍해졌다. 바다 건너 하얀 눈으로 살짝 덮인 백록담이 정말 그림 같았다. 바라보는 것만으로 힐링이 되는 백록담을 한참을 멍하니 쳐다보다가 겨우 정신을 차리고 섬 속의 섬에 와 있음을 느꼈다.

마을의 돌담길은 많은 정성을 들여 아기자기 꾸며놓았고 돌담 아래에는 옹기종기 꽃들이 계절도 모르고 만발했다. 섬 체류 시간이 충분해서 먼저 비양봉에 올라 풍광을 즐기고 내려와 식당에서 점심을 먹은 다음 천천히 섬 둘레를 즐기기로 했다.

제주도 본섬을 감상하는 방법은 가장 흔한 것이 비행기에서 보기, 다음으로 멀리서 배를 타고 제주 쪽으로 들어오면서 바라보기, 그리고 주변 섬에서 바라보기가 있다. 모두 다 경이롭다. 맑은 날 비행기에서 바라보는 제주는 오밀조밀 세팅된 보석 같고 흐린

위 비양도에서 바라본, 하얀 눈이 살짝 내려앉은 백록담
아래 비행기에서 바라본 비양도

날은 구름 속에 살짝 가려진 백록담이 신령스럽다. 그런데 비양도 정상 비양봉에서 바라본 제주는 눈 모자를 쓴 백록담과 어우러져 그 자체가 한 폭의 수채화였다. 호수 같은 바다 너머 백록담에서 서쪽으로 비껴 내려지는 산세와 오름들은 비행기에서 보는 것과는 전혀 다른 느낌을 전한다. 내 눈이 마음껏 호강하는구나 싶었다.

비양봉을 내려와 해녀가 직접 잡은 해산물로 요리하는 식당에서 요기하고 둘레길을 걷기 시작했다. 해녀들이 원하지 않는 임신을 했을 때 해녀콩을 먹고 낙태를 했다는 이야기를 식당 주인에게서 들었는데 팔랑못 주변에 해녀콩이 많이 서식하는 것을 보고 씁쓸한 생각이 들었다.

식당에서 비양도의 염소 이야기도 들었다. 소득 증대를 위해 1975년에 각 가정에 염소 두 마리씩을 분양해주어 길렀다고 한다. 그러다 관리가 어려워져 한 가정에서 몰아 기르다 이 염소가 뛰쳐나가 야생 염소가 되었다고 한다. 염소는 계속 개체수가 늘고 섬 전체로 퍼져 소중한 농작물을 먹어버리고 비양도에 자생하는 비양나무 군락을 훼손하는 골칫거리가 되었다. 결국 2018년 군인과 경찰을 동원하여 야생 염소를 모두 포획하니 훼손된 식생이 되살아나고 있단다.

결과적으로 염소 때문에 나쁜 일만 생긴 것은 아니었다. 염소로 인해 농사에서 손을 놓은 주민이 많아져 농약이 없어지니 비양도의 토양도 복원되고 해변이 청정해져 해산물 자원이 풍부해졌다. 요즘은 본섬에서도 해녀들이 비양도로 물질하러 온다고 한다.

섬 둘레를 걷는 내내 염소에게 고마워해야 할지 말아야 할지 생각이 바로 서질 않는다. 바람도 그렇게 많지 않은 날, 비양도 둘레길을 놀멍 쉬멍 걸으며 청정 제주의 진수를 만끽했다.

위 염소 덕분에 청정해진 비양도
아래 아담하니 자리 잡은 한림초등학교 비양분교

5장

다시, 봄

생명은 모험을 결하면 도태한다.
우리 문명도 모험을 결하면 도태한다.
'젊음'의 정의는
'새로 시작할 수 있음'이다.

_《대화》, 김우중 · 김용옥 나눔

1 돌하르방미술관에서 제주의 숨결을 느끼다

코로나19가 좀처럼 잦아들 기미가 보이질 않는다. 매일 감염자 수가 기록을 경신하며 많은 사람이 코로나19의 공포에 숨죽이며 살아간다. 아직 제주는 덜한 편이지만 그래도 코로나19의 공포를 느끼기에 충분하다. 가능하면 외출을 삼가고 활동을 최대한 줄이고 있다.

스스로 자가격리하는 마음으로 며칠 집 안에만 머물다가 위축된 마음을 달래고 이미 우리 곁에 와 있는 봄을 느끼려 그리 멀지 않은 돌하르방미술관만 잠깐 다녀오기로 했다. 여분의 마스크와 휴대용 손소독제까지 챙겨서 조심스러운 마음으로 집을 나섰다.

돌하르방미술관을 찾아가는 입구는 좁고 간판마저 잘 보이지

편안해 보이는 돌하르방이 먼저 인사를 건넨다

않는 미로 같은 길이었다. 변변한 주차장도 만들어져 있지 않았다. 개인 미술관이니 충분히 그럴 수 있다고 생각했다. 미술관은 특이하게도 감귤밭으로 둘러싸인 숲속의 큰 소나무가 많은 평지에 아담하게 자리 잡고 있었다.

이곳은 제주가 고향인 관장님과 다섯 명의 뜻있는 예술가가 현재 남은 48기의 돌하르방 모습을 똑같이 재현하여 보존하는 공원이다. 제주 현무암으로 익살스럽게 사랑과 평화의 메시지를 전하려는 새로운 형태의 돌하르방도 제작하여 전시한다. 각각의 돌하르방은 제주에서 즐기는 다양한 놀이와 문화를 자연스러운 모습으로 표현하는데 모두 이웃집 아저씨같이 편안하다. 방문객을 안아주는 돌하르방도 있다. 그 품속에서 잠깐이나마 포근함과 친근감을 느끼게 된다.

다양한 모습으로 다시 태어난 돌하르방

곶자왈 지역을 훼손하지 않고 그 안에 아담하게 자리한 야외 미술관은 평화라는 화두 아래 세계 친구들이 함께 어울려 문화를 이야기하고 공존을 추구하는 곳이다.

김영갑갤러리와 함덕해수욕장 해변, 동백동산에서 자주 만났던 돌하르방이 다 여기 출신이란 것을 알고는 낯선 곳에서 지인을 만난 듯 친근하고 반가운 마음을 숨길 수 없었다.

전시된 돌하르방을 그냥 스치며 관람하면 1시간이면 족하고 '별로 볼 것이 없다'라고 느낄 수 있다. 그러나 다양한 표정과 몸짓 하나하나를 천천히 바라보면 전하려는 스토리가 보이기 시작할 것이다. 돌하르방이 전하는 의미를 생각하면 관람하는 발걸음이 저절로 느려질 것이고 돌하르방과 하나가 되는 느낌도 받

위 세계의 평화를 노래하는 인형과 돌하르방
아래 근엄한 표정의 전통 돌하르방(성읍민속마을)

을 수 있을 것이다. 공원을 걸으며 돌하르방과 친구가 되고 돌하르방이 전하는 사랑 이야기를 함께하는 사람과 나누면 그 사랑은 더욱 배가될 것이다.

돌하르방 이마의 굵은 주름과 무겁게 다문 입, 둥글고 큰 눈, 두툼한 코, 그리고 우람한 가슴근육은 당당하고 근엄한 모습이다. 해학적이면서 전체 분위기가 마치 살아 있는 듯 생동감이 넘친다. 강직하면서도 온유한 덕성을 가진 그 모습이 바로 척박한 삶을 개척하며 살아온 제주 사람들의 이야기를 전하는 듯하다.

편안하고 여유로운 모습의 돌하르방이 내게 말한다.

"앞으로도 계속 진정한 자유를 찾는 행복한 시간이라고 생각하고 현실을 담담하고 조용하게 받아들여라. 집착하지 말고 나이듦에 순응하며 살아라."

제주 하면 사람들의 머리에 가장 먼저 한라산과 돌하르방이 떠오를 것이다. 그중 토속 선물이나 제주의 상징 표지석으로 가장 많이 사용되는 것은 돌하르방이다.

돌하르방미술관은 제주의 상징물을 전시한 공원이었고 박물관이었다. 단순히 과거의 문화만 재현하는 곳이 아니라 그 속에 시대가 요구하는 정신을 담아 관람객과 함께 어울려 평화롭게 살아가기를 바라는 메시지를 전한다. 또 다른 제주 정신을 담은 돌하르방 공원은 편안한 마음으로 산책하며 쌓인 피로를 풀고 힐링할 수 있는 공간이다. 가벼운 마음으로 방문하여 돌하르방을 만난다면 분명 뜻밖의 큰 선물을 받는 기분일 것이다.

여유롭고 자애로운 돌하르방과 함께하고 돌아오는 길에 아내와 나이듦에 따른 책임감에 대해 많은 얘기를 나눴다. 늙는다는 것의 서러움이 아니라 철없이 나이듦이 오히려 더 두렵다는 생각에 공감했다.

> 나이에 관한 한 나무에게 배우기로 했다
> 해마다 어김없이 늘어가는 나이
> 너무 쉬운 더하기는 그만두고
> 나무처럼 속에다 새기기로 했다

문정희 님의 시 〈나무학교〉가 오늘 우리 마음을 대변해주는 것 같았다.

2 숨겨진 보석 조랑말박물관과 자연사랑미술관

가시리는 서귀포시 표선면 서북부 중산간에 위치한 마을로 목초지가 풍부하여 목축업이 발달했다. 가시리라는 이름은 마을 남쪽에는 가시나무가 많은 '가시오름'이, 동쪽으로 '갑선이오름'의 주변에 있다고 이렇게 지어졌다고 한다. 〈가시리〉라는 고려 가요가 입에 익어서 그런지 왠지 이름이 정겨운 마을이다.

아름다운 오름들이 어우러진 가시리는 600년 목축 문화를 선도하는 지역으로 제주 최적의 말 방목지로 유명하다. 제주 최대 규모의 말 목장 '녹산장'과 조선 시대 최고의 말을 생산하던 '갑마장'이 있던 지역이다. 가시리 마을 주변 오름과 갑마장 목장길

조선시대 말을 키우던 마을, 가시리

을 연결해 '갑마장길'이란 이름으로 20km의 산책길을 만들어놓았다. 산책길 너머 말들이 풀을 뜯고 노는 목초지와 그 뒤 풍력발전기가 돌아가는 모습이 목가적이다. 이곳에서 매년 봄에 '봄을 잇는 마을, 가시리'라는 주제로 유채꽃축제가 펼쳐진다.

가시리는 중산간 지역 시골 마을이지만 마을회관 근처에 오래되고 맛있는 식당이 밀집된 맛집 거리가 있다. 이곳은 제주의 돼지 사육지로도 유명하여 마을 중심지에는 매콤한 양념과 아삭한 채소가 들어간 돼지두루치기와 진한 피순대가 듬뿍 어우러진 순대몸국을 내놓는 유명 식당들이 즐비하다. 주로 주민들이 이용하다 차츰 외부에 알려져 관광객들이 많이 찾아오니 주변에 카페와 선물가게들도 생겨 여행자 거리가 형성되었다.

코로나19로 많은 시간을 집에서 보내고 조심스럽게 가까운 오름 산책길을 찾아나서곤 하는 것이 일상이 되어버렸다. 오늘도 사회적 거리두기를 실천한다고 스스로 격리생활을 하다가 점심에 맞춰 조심스럽게 나왔다. 몇 번 가봐야겠다고 생각하다 여태 못 가본 우리 동네 인근의 '자연사랑미술관'이라도 다녀와야겠다는 마음으로 마스크와 손소독제로 단단히 무장하고 집을 나섰다. 지역 맛집에서 돼지두루치기를 점심으로 맛있게 먹고 먼저 조랑말박물관을 찾아갔다.

제주에서 가시리 마을로 들어오는 곧게 뻗은 녹산로 약 12km는 벚꽃나무와 유채꽃이 어우러져 환상의 모습을 보여준다. 매년 4월 초 유채꽃축제 때는 관광객들로 인산인해를 이룬다는데 올해는 코로나19의 방해로 축제가 열리지 못하고 있다. 계절도 3월 중순이라 아직 벚꽃도 피지 않았다.

유채밭을 지나 조랑말체험공원에 원형으로 우뚝 솟은 조랑말박물관을 갔다. 풀뿌리 자치의 표본으로 가시리 마을 주민들이 정부의 지원을 받아 마을 단위에서 건립한, 제주의 목축 문화와 조랑말의 모든 것을 알 수 있는 박물관이다. 말과 관련된 유물과 문화예술 작품, 마을 주민들이 목축업에 사용했던 물품을 기증받아 전시한다. 여러 가지로 의미 있는 박물관이지만 다른 관람객이 아무도 없고 관리가 잘되지 않는다는 느낌을 받아 을씨년스럽기까지 했다. 박물관이 활성화되어 처음 목적대로 훌륭한 제주의 문화를 많은 사람이 함께 누렸으면 하는 아쉬움을 가득 안고 근처 자연사랑미술관으로 향했다.

자연사랑미술관은 우리가 접하지 못한 제주의 다양한 자연 모습과 사라져버린 제주의 풍습을 기록한 사진 전시관이다. 이곳을 세운 관장님이 혼자 힘으로 평생 제주의 역사를 기록하셨다고 한다. 중산간 지역의 문화예술을 창달한다는 목적으로 시골 마을 폐교를 활용하여 미술관을 만들었다.

한라산의 사계절과 제주의 신비로운 풍경들 그리고 제주의 옛 모습을 흑백으로 찍은 사진들을 보면서 관장님의 제주에 대한 애정과 열정을 충분히 느낄 수 있었다. 복도에는 우리 세대가 다녔던 국민(초등)학교 시절의 교복, 풍금, 책상들이 전시되어 타임머신을 타고 꿈 많은 어린 시절로 되돌아간 기분도 느꼈다. 가시초등학교 졸업사진도 있었다. 나와 동시대의 사진들이라 찬찬히 둘러보니 아련한 추억들이 조각조각 떠올라 진한 향수에 젖어들었다. 마지막 전시실에는 관장님이 직접 사용하신 카메라와 오래되고 귀중한 카메라를 기증받아 전시했다.

자연사랑미술관은 소박한 학교의 모습을 거의 그대로 살려서 만들어졌다. 코로나19의 영향인지 관람객이 우리뿐이라 고즈넉한 공간에서 차분한 마음으로 천천히 제주의 아름다운 풍경을 사

위 조랑말체험공원에서는 커다란 말 모형이 먼저 눈에 띈다
중간 가시리 마을 주민이 세운 조랑말박물관
아래 제주의 풍습을 기록한 사진 전시관, 자연사랑미술관

진으로 만끽했다.

'저렇게 아름다운 사진을 찍기 위해서 같은 장소를 얼마나 많이 방문하셨을까? 그리고 또 얼마나 많은 고민을 하셨을까?'

저절로 이런 생각이 떠올랐다.

작년에 미술관에 화재가 발생하여 1960~1970년대 제주의 풍물과 자연을 찍은 귀중한 흑백필름과 사진 자료가 소실되었다는 기사가 전시되어 있었다. 그 기사를 보고 내 마음이 아렸다.

제주에는 폐교된 분교를 미술관으로 개조하여 사진을 전시하는 곳으로 그 유명한 김영갑갤러리와 자연사랑미술관이 있다. 두 갤러리는 비슷하면서도 다르다. 두 곳 모두 작가 한 사람이 일생을 바쳐 제주의 역사와 풍경, 해녀, 오름을 사진에 담아 시골 폐교에 혼자 힘으로 갤러리를 열었다.

하지만 육지 출신 김영갑은 제주 자연의 움직임을 순간포착했고 제주 출신 자연사랑미술관 관장님은 자연 그대로의 아름다운 모습을 사진에 담았다. 김영갑갤러리는 전국적으로 알려져 관광객이 많이 찾고 있으나 자연사랑미술관은 아직 덜 알려졌다. 김영갑갤러리를 다녀간 사람들이 자연사랑미술관에도 들르면 또 다른 감흥을 느낄 수 있을 것이다.

3 놀멍, 쉬멍, 걸으멍~ 올레길을 걷다

올레는 제주 방언으로 좁은 골목이란 뜻이다. 특별히 마을의 큰길에서 집으로 통하는 아주 좁은 골목길을 말한다. 올레길은 스페인 산티아고 순례길에서 영감을 받아 제주도의 참모습을 알리기 위해 만들어졌다고 한다. 2007년 9월 시작하여 2012년 11월까지 총 21개 코스를 만들어 제주도 외곽을 한 바퀴 걸을 수 있도록 했다. 우도, 추자도, 가파도 등 부속 섬과 중산간을 보여주는 알파 코스 등 5개 코스를 추가해 총 26개 코스 425km로 완성하였다. 각 코스는 평균 15km 정도이며 시간은 5~6시간가량 소요된다.

누구나 쉽게 찾아와 즐기는 제주 올레는 제주 초원을 꼬닥꼬닥

(느릿느릿) 걸어가는 간세(게으름뱅이)처럼, 놀멍 쉬멍 천천히 걷는 길이다.

차를 타고 달리면 주변의 풍경을 스치면서 많은 것을 힘들이지 않고 볼 수 있으나 길에서 만나는 소소한 풍경은 즐기기가 어렵다. 걷기는 조금 느리지만 여유를 가지면서 더 많은 것을 자세히 오래 즐기게 한다. 자연이 주는 아름다움을 온몸으로 느끼기에 더없이 좋다.

제주에서 생활을 시작하면서 따뜻한 봄날 올레길을 걷기 시작해 계절에 맞는 올레길을 찾아다녔다. 26개 코스 모두를 사소한 경치 하나라도 놓치지 않으며 꼬닥꼬닥 걸었다. 평소 무심히 지나쳤던 자연의 신비로움을 색다른 시각으로 느낄 수 있었다.

제주의 바람과 함께, 때로는 비를 맞으며, 추운 날이면 온몸을 동여매고 바닷길을 걷기도 했다. 제주의 모든 산천이 싱그러운 신록으로 변하는 봄, 바람에도 푸른 물이 뚝뚝 떨어질 듯한 진초록의 여름, 맑고 푸른 하늘과 상쾌한 공기를 선사하는 가을, 한라산 중산간에는 하얀 눈이 내리지만 해안에는 따스한 햇살이 가득한 겨울…. 그렇게 사계절을 걸었다.

계절에 따라, 시간에 따라, 수시로 변하는 제주의 자연과 함께했다. 해변의 올레길은 답답한 마음을 뻥 뚫어주고 마을길과 농가 사이로 난 돌담길은 머물고 싶은 정겨움을 주었으며 숲속의

제주의 올레길 표지판

올레길은 신선함과 청량감을 마음껏 선사해 지겹지 않게 걸을 수 있었다.

올레길은 제주도의 모든 길을 이어준다고 해도 틀린 말이 아니다. 마을과 마을을 잇는 마을길, 동네 집들을 잇는 꼬불꼬불 골목길, 해안을 따라가는 해안길, 마을에서 밭을 잇는 밭길, 오름을 잇는 산길들이 늘 우리를 기다린다. 올레길은 제주의 역사와 문화를 찾아가고 제주의 자연을 호흡하며 만끽하기 위한 길이기도 했다.

완주했지만 좋아하는 곳은 여러 번 찾아가 즐겼다. 공사 현장이나 자동차길과 나란히 가는 번잡한 올레길은 신속히 벗어나기 위해 빨리 걸었고, 고즈넉이 이어진 자연 길과 사람 내음을 느낄 수 있었던 올레길에서는 간세가 되어 느릿느릿 걸었다. 삶이 내게 준 이 모든 축복을 다른 이도 아닌 내가 오롯이 향유할 수 있음을 감사했다. 아니, 그 속에 온통 빠져서 걸었다.

산책의 철학자 칸트는 '30년간 매일 눈이 오건 비가 오건 마을길을 걸으며 사색했다'고 한다. 나 또한 걸으면서 느림의 미학을 발견하고 바쁘게 살아온 지난날을 시나브로 되돌아볼 수 있었다.

올레길은 생명의 길이기도 하다.

원시적인 바다와 인간의 간섭 없이 자란 숲과 시골의 정취를 마음껏 느끼며 자연과 사람은 공존할 수밖에 없다는 평범한 진리를 깨닫기에 모두가 생태론자가 된다. 좋아하는 시 이준관 시인의 〈구부러진 길〉이 올레길에 어울리는 것 같아 더 좋아하게 되었다.

> 들꽃도 많이 피고 별도 많이 뜨는 구부러진 길
> 구부러진 길은 산을 품고 마을을 품고
> 구불구불 간다

폼 잡고 걷는 게 아니라 사색하며 올레길을 혼자 걷는 게 최고의 명상이다. 우울하고 힘든 날, 나 자신과 끊임없이 대화하며 걸으면 스스로를 되돌아보게 되어 신기하게도 머릿속 안개가 걷히고 정신이 맑아졌다. 아무 생각 없는 쉼을 위한 걸음은 결국 나에

구부러진 올래길

게 욕심을 내려놓고 비우라는 커다란 가르침을 준다. 나에게 올레길을 걷는 것은 차를 마시는 일과 비슷하다.

일찍이 조선 시대 승려이자 다인(茶人)이셨던 초의(草衣) 선사가 전해주신《다신전》(茶神伝)에 차를 마시는 방법이 나온다.

> 혼자 마시면 신령스럽고(独啜曰神),
>
> 둘이 마시면 고상하고(二客曰勝),
>
> 서넛이 마시면 멋있고(三四曰趣),
>
> 대여섯이 마시는 것을 들뜬다고 하고(五六曰泛),
>
> 일고여덟이 마시면 그냥 베푸는 것이다(七八曰施)

올레길을 걸을 때의 내 모습과 같다.

혼자 걷는 길은 온전히 자신만을 위한 걸음이었고 아내와는 아직도 못다한 사랑의 얘기를 나누고 지인들과 함께했던 걸음들은 그저 즐거움이었다. 스쳐 지나가는 인연 역시 잠깐 같이 걸음으로써 서로가 친구가 되었다.

사색과 명상, 위로와 치유의 길, 평화와 휴식, 자유를 위한 길인 제주 올레는 바로 당신을 위해 만들어놓은 곳이다. 꼭 가서 즐기고 지친 심신을 길 위에서 위로받으시길 권하고 싶다.

4 올레길에서 만난 사람들

인간은 이 세상에 혼자 왔다 혼자 가는 것이 숙명이다.

아름다운 이 세상 소풍 끝나는 날
가서, 아름다웠더라고 말하리라….

천상병 시인의 시처럼 우리의 인생살이는 혼자 잠깐 다녀가는 소풍이다. 퇴직 이후 제주에서 조용한 삶을 시작하면서 혼자라는 사실을 실감하고 사소한 일상의 소중함을 깨달아가고 있다.

궁극적인 행복은 본인이 느끼는 것이고 스스로의 방법을 찾아야 슬기롭고 행복하게 살아갈 수 있다. 각자에게 주어진 온전한 자신의 시간을 어떻게 보내느냐에 따라 인생을 얼마나 행복하게 살아가느냐가 결정되는 것 같다.

올레길의 걸음걸음에 지나온 인생을 반추하니 앞으로 나아갈 새로운 힘도 생기는 것 같다. 특히 길을 걸으면서 잠깐잠깐 만난 사람들로부터 많은 것을 배웠다. 함께했던 모든 분은 나에게 아주 소중한 스승들이었다.

올레길에 대한 부푼 기대를 안고 힘차게 1코스를 출발하여 종달 해변을 걷는데 할아버지께서 경운기에 해초를 싣고 와서 길에 내려놓으시고 할머니는 그 해초를 펼쳐 널었다. 먹는 음식을 저렇게 마구잡이로 늘어놓고 말려도 될까? 호기심이 생겨 할머니께 말을 걸었다.

할머니는 그렇지 않아도 잠깐 쉬고 싶었는지 이야기보따리를 풀어놓기 시작하셨다. 평생을 바다에서 물질해 자녀들을 공부시켜 결혼까지 매듭지었다는 할머니. 이제 자식들은 다 외지로 나가고 할머니와 할아버지만 이곳에 사신다고 한다. 힘이 부쳐 물질은 어렵고 해안 가까이에서 감태를 걷어 말려서 퇴비용으로 팔아 생활비와 용돈으로 쓰신다고 하셨다.

제주 여인들의 힘든 삶을 엿볼 수 있었다. 그날 올레길을 걷는 내내 할머니와 할아버지께서 건강하고 행복하게 오래 사셨으면 좋겠다는 바람이 떠나지 않았다.

척박한 화산섬 제주에서 살아온 사람들의 삶은 고단할 수밖에 없다. 제주에서 여자들은 밭을 일구고 바다에 들어가 거친 파도와 싸우면서 물질하여 해삼, 전복, 소라, 미역을 따 가족의 생계를 책임지다시피 했다. 아내로, 어머니로 살아온 제주의 여인들은 진정 본인의 삶을 돌아볼 여유도 없었다.

아름다운 해변이 이어지는 10코스에서 앞서거니 뒤서거니 하며 여러 번 만났던 40대 여인에게 아내가 가볍게 목례를 했다.

"어디서 오셨나요?"

웃으며 먼저 말을 걸어주었고 자연스럽게 대화가 이어졌다.

"세상의 시름을 잠깐이라도 놓아두고 이렇게 훌쩍 떠나 제주의 자연과 함께할 수 있는 용기가 부럽네요."

분당에서 혼자 여행 와서 올레길을 걷는 그녀가 자신도 꼭 한번 제주에서 살아보고 싶다며 미소지었다.

"혼자서 여행 오다니 그것도 대단한 용기인데요. 저희야말로 혼자 떠날 수 있는 용기에 박수를 보내고 싶네요."

아내가 엄지를 치켜세우며 대꾸했다.

혼자라서 외롭다거나 두려움 없이 그냥 주어진 여건에서 최대한 제주의 자연을 느끼며 즐기려고 노력한다는 말에 우리도 같이 공감했다. 우리는 모두가 다 혼자인 것을… 그리고 소풍 끝나고 빈손으로 떠나갈 것을….

올레길을 홀로 걷는 사람들

수월봉과 유네스코 제주지질공원을 지나는 아름다운 올레 12코스를 걷다 보니 어느새 당산봉에 다다른다. 차귀도와 누운섬의 황홀한 모습을 보며 피곤한 줄도 모르고 당산봉 정상을 올랐다. 어느새 우리 곁에 60대 후반쯤의 부부가 나란히 걷고 있어 이야기를 나눴다.

바깥분은 한눈팔지 않고 평생 사업에만 매진했는데 어느 날 삶을 진지하게 돌아봐야겠다는 생각이 문득 들었다고 한다. 결국 65세에 현역에서 과감하게 은퇴하고 전국 방방곡곡을 다니면서 여행의 갈망이 많았음을 새삼 느꼈고 앞으로 10년은 거뜬히 여

올레길을 함께한 진우

행 다닐 체력도 될 것이라는 자신감도 생겼단다. 이제는 다니는 여행이 아닌 머무는 여행이 필요해 작년에 제주로 이주해 최저 비용으로 생활하며 제주의 구석구석을 걸어 다닌다고 했다.

우리 얘기도 듣고는 격려를 아끼지 않으셔서 적잖은 용기를 얻었다. 걷기 여행을 예찬하시는 말씀을 한참이나 해주시면서 인생을 즐겁고 재미나게 살라고 끝까지 당부하신다.

주상절리가 아름답고 야자수가 많은 이국적인 바당올레 8코스를 미국에서 온 진우네랑 걸었다. 진우 부모님은 진우가 태어나기 전에 미국으로 건너갔고 진우는 미국에서 태어난 열 살 남자아이이다. 이제 전 가족이 다시 한국으로 이주를 준비하면서 1년간 휴직과 휴학을 하고 진우의 교육과 장래를 함께 고민하고 정착할 곳을 찾는 여행 중이란다.

진우네와 함께하면서 상대방에 대한 배려가 철저한 어린 진우에게 많은 것을 배웠다. 가정은 세상에서 가장 작은 학교이고 모든 인간 교육은 가정에서 시작된다고 하는데 진우가 부모에게서 좋은 영향을 많이 받은 것도 알 수 있었다. 아름다운 길도 좋았지만 함께한 진우가 있어 더욱 즐거운 올레길이었다.

교육의 궁극적인 목적은 '행복하게 살아가는 방법을 가르치는 것'이 아닐까 생각한다. 시골의 작은 학교는 학생이 떠나가고 도시의 콩나물시루 같은 학교에 학생들이 몰린다. 대형화되고 획일화되는 공교육, 그 안에서 일어나는 여러 문제를 피하고 사람됨을 추구하는 대안교육을 찾는 학부모가 늘고 있다. 그래서 공교육에서도 대안교육을 일부 받아들여 하나둘 공립 대안학교가 생겨나고 있다.

우리는 아들과 딸에게 사교육을 시키지 않고 마음껏 놀며 행복하게 자랄 수 있는 교육을 시키겠다는 마음으로 큰 고민 없이 아이들을 대안학교에 보냈다. 대안학교 학부모와 학생은 특이한 사람도, 용기 있는 사람도 아니다. 어쩌면 자녀교육에서 가장 이기적인 생각을 가진 사람들일지 모르겠다.

사람이 많이 붐비지 않는 올레길에서 할아버지나 할머니를 만날 때 가능하면 우리가 먼저 말을 걸어보는 습관이 생겼다.

"여기가 월평이 맞습니까?"

이렇게 어르신들에게 말을 걸면 아주 좋아하신다. 종종 대화가 시작되었고 당신들만 알아들을 수 있는 제주도 사투리를 써 가면서 이야기 봇짐을 풀어헤치신다. 다들 자식들 이야기를 빼놓지 않지만 혼자 살아도 건강하고 외롭지 않다고 하신다.

걷기에는 사람을 순수하게 만드는 마력이 있다. 제주의 올레길에는 혼자 걷는 사람들도 많다. 혼자라도 주변의 그 누구에게 신경 쓸 필요가 없이 자신의 길을 마음껏 걸을 수 있는 곳이 제주의 올레길이다. 스스럼없이 친구를 만날 수 있고 아니면 혼자 다녀도 전혀 어색하지 않다.

올레길을 걸으면서 만나는 사람은 모두 쉽게 친구가 된다. 대화가 시작되면 어색하던 마음이 사라지고 쉽게 호감을 느끼게 되는 건 나만 그런 걸까? 아니면 올레길의 마력일까? 어쩌면 길 위에서 사람을 만나는 것이 궁극적인 여행의 즐거움이 아닐까? 여행하면서 사람을 만나 저마다 간직한 이야기를 나누는 재미도 또 하나의 즐거움이다.

장 자크 루소는 "도착하기만을 원한다면 달려가면 된다, 하지만 여행을 하고 싶다면 걸어서 가야 한다"고 걷기 여행을 예찬했다. 또 30여 년간 기자로 일하다 퇴직하고 우울증에 시달리던 베르나르 올리비에는 거짓과 탐욕 없이 내적 진실함에서 자아를 찾고 광대한 자연 속에서 자존감을 느끼기 위해 이스탄불에서 시안까지 1만 2,000km를 약 4년에 걸쳐 걸었다.

제주의 올레길을 걷는다면 틀림없이 아름다운 자연 속에서 자존감을 실감하고 여행의 묘미를 찾을 것이라고 확신한다.

제주 올레길이 지치고 힘든 사람들의 참 쉼터로 길이길이 변하지 않고 남았으면 하는 바람을 가져본다.

5 노노, 레타와 광복이 그리고 누리

우리 할아버지는 두 아들과 한 분의 딸을 두셨다. 할아버지께서는 현명하신 분인지 아니면 욕심이 많으신 분인지 딸은 부산으로 시집보내시고 아들 둘을 가까이 이웃에 살도록 하셨다. 작은집이라 부르는 삼촌댁은 마을회관을 사이에 두고 옆집이었다.

어릴 때 우리 집에는 '메리', 작은집에는 '독구'라는 개가 있었다. 우리 집 메리는 이름은 그대로이나 개는 주기적으로 바뀌었다. 어린 강아지를 데려와 키워서 시장에 팔고 새로운 강아지를 데려와 키우면 그 강아지의 이름은 여전히 '메리'였다.

그렇게 우리 집에 오는 모든 개는 이름이 항상 '메리'였다. 키웠던 개를 시장에 파는 날이면 부모님은 우리 눈치를 보시며 몰래 구포장에 끌고 갔다. 오후에 학교 갔다 와서 키우던 개가 없어지고 낯선 강아지가 개집에 묶여 있는 것을 보고 2~3일 울고불고 하지만 곧 새로운 메리와 정이 들고 팔려간 메리는 잊어버린다.

그러나 작은집의 '독구'는 어른들 말씀에 한 20년가량 키웠다고 하셨다. 덩치가 크고 영리하여 작은집과 우리 집 가족 누구라도 외출했다가 돌아오면 저 멀리 1km 이상 마중 나오곤 했다. 그래서 동네에서도 인기가 많았다.

독구는 눈치가 빨라 특히 할아버지에게 가장 충성했다. 할아버지가 출타하셨다 돌아오시는 경우에는 아주 멀리까지 마중 가서 앞에서 할아버지를 호위하며 집으로 돌아왔다. 그런 독구가 어느 날 집을 나가 돌아오지 않았다. 가족들과 동네 사람들이 몇 날 며칠을 찾아다녔으나 결국은 찾지 못했다.

그때 독구는 어디로 갔을까? 어른들은 산으로 가서 신이 되었을 것이라고 말씀하셨는데 아마 어린 우리를 위로하기 위해 하신 말씀이 아니었을까 싶다. 그렇게 나는 개들과의 아련한 추억이 많다.

제주에 와서 놀란 것 중 하나가 길거리에 돌아다니는 개들이 많다는 사실이다. 시내를 벗어나 한적한 곳으로 가면 어김없이 길에서 개들을 볼 수 있었다. 제주도는 섬이라는 특수성으로 아

제주 중산간 도로에서 만난 유기견

직도 개를 목줄을 하지 않고 풀어서 키우는 문화가 있다고 한다. 그런 개들이 집을 나가 스스로 번식하고 야생화되는 악순환이 반복된다. 관광객이 반려견을 버리는 경우도 잦아 제주에는 유기견이 타 지역보다 많다고 한다. 자동차를 운전하거나 마을길을 산책할 때 겁 없이 다니는 개들이 많으니 항상 주의해야 한다.

물론 대다수 개는 온순하다. 먼저 크게 놀래키거나 위협하지 않으면 달려들지 않는다. 그래도 만사 불여튼튼의 자세를 가져야 한다.

친구처럼 지내는 네 마리의 개도 생겼다. 펜션의 영업부장으로 맹활약하는 노노와 레타, 그리고 서점에서 손님들의 귀여움을 독차지하는 광복이, 마지막으로 감귤 농장에서 행복하게 후반생을 살아가는 누리가 있다.

어릴 때 시골집 마당에서 개를 기르기는 했지만 반려견으로 실내에서 키워본 적은 없다. 개를 좋아하지만 그 또한 새로운 인연을 만드는 일이라 헤어짐이 두려워 키울 용기가 나지 않는다.

범린이네는 제주에서 펜션 사업을 시작하면서 '제주동물친구들'을 통해 그물망에 싸여 버려졌던 쌍둥이 유기견 노노와 레타를 입양했다. 둘은 여러 가지 병을 앓았으나 지속적인 치료를 받아 건강하게 자라 어엿한 펜션의 가족이 되었다.

노노와 레타는 펜션의 영업부장 역할까지 담당한다. 영리해서 펜션을 찾는 손님들에게 꼬리를 흔들며 주인장 대신 반갑게 손님맞이를 한다. 펜션에서 최고의 인기를 누리는데 특히 어린이 손님들에게 인기가 대단하다. 여행 온 어떤 가족은 애들이 졸라 노노와 레타와 논다고 하루 외부 관광을 포기하고 펜션 안에서만 머물기도 했다.

노노와 레타는 나와도 친하다. 가끔 펜션에 놀러 가 주차장에서 차문을 열면 묶여 있는 노노와 레타는 어떻게 알았는지 좋아서 끙끙거리는 소리를 내며 어쩔 줄을 모른다. 내가 펜션에서 가장 즐겨 하는 일이 노노와 레타와의 산책이다. 묶여 있는 애들이 불쌍해서 산책을 시작했는데 이제는 내가 좋아서 즐긴다. 반려견을 가족처럼 대하는 범린이네를 만나 행복한 노노와 레타를 보면 내 마음이 뿌듯하다.

위 그물망에 싸여 유기되었던 노노와 레타
아래 건강하게 자란 노노와 레타

'제주풀무질' 주인장은 제주로 이사하고 며칠이 지나 8월 15일 광복절을 맞이했는데 대문도 없는 집에 아주 선한 눈망울을 가진 낯선 하얀 강아지 한 마리가 들어왔다고 한다. 여태껏 애완동물이라고는 길러본 적이 없는 가족들은 당황했다. 그냥 집을 찾아 나가주기를 바랐으나 집주인들을 졸졸 따라다니기만 해서 난감했다고 한다. 마을 주변에 강아지를 잃어버린 사람이 있는지 수소문하고 강아지 주인을 찾아도 아무도 나서지 않았다.

주인을 찾을 동안만이라도 보호할 마음으로 돌보기 시작했으나 시간이 흘러도 광복이의 주인은 나타나지 않았다. 그러는 사이 가족과 정이 들고 옆집 강아지 바겐과도 친구가 되었다. 광복절날 집에 들어왔기에 임시로 광복이란 이름도 지어주었다.

유기견보호소에 보내려고 연락했더니 새로 입양할 주인이 나타나지 않는다면 광복이는 불행한 일을 당할지 모른다는 이야기를 들었다. 결국 개를 키워본 적이 없어 어설프지만 광복이를 가족으로 받아들이기로 했다. 주위에서 예방접종을 해야 한다는 권유에 어디의 도움 없이 자비 몇십만 원을 들여 주사도 맞히고 중성화 수술도 시켰다.

광복이는 매일 서점에 출근해 손님들의 사랑을 독차지하는 마스코트의 역할을 톡톡히 해낸다. 광복이의 간식과 장난감을 사다주시는 손님도 많이 생겼고 단골 화가 손님은 광복이의 초상화도 그려주셨다.

광복이 가족들은 코로나19가 한창일 때 열흘 동안 책방을 임시 휴무하고 광복이랑 제주 일주 투어를 했다. 어느새 한 가족이 되어 행복하게 여행하는 모습을 보고 나 또한 빙그레 미소지었다. 광복이는 전생에 나라를 구했나 보다.

감귤 수확을 도운 성산의 농장에는 시각장애인 안내견으로 활약하다 은퇴하고 입양된 누리가 있다. 올해 열다섯 살 고령임에도 농장에서 왕성한 활동력을 보여준다. 감귤 수확 작업을 도와주러 농장에 다니면서 누리와 급격하게 친해져 정이 들어버렸다. 안내견 출신이라 그런지 놀라운 친화력을 가졌는데 특히 내가 가면 나만 졸졸 따라다니는 것 같았다.

누리는 사료보다 감귤을 좋아하는 특이한 식성을 가졌다. 커서 상품성이 떨어지는 감귤을 좋아해 작업하면서 수시로 감귤을 까주고 점심때 밥 먹고 남는 고기가 있으면 챙겨주곤 해서 그런지 아주 잘 따른다. 일 끝나고 집에 가려고 준비하면 따라가려고 먼저 저만치 앞에서 기다린다. 매일 농장에 두고 가야 하는 게 마음이 아팠다.

한평생 누군가를 돕다가 농장에 입양된 누리가 이제 누군가로부터 보상을 받아 행복하게 살았으면 하는 마음이 간절했다. 농장 주인도 누리가 자꾸 늙어가 걱정이라 했다. 언젠가는 누리와 헤어져야 하는데, 어디서 어떤 방법으로 헤어져야 할지 지금부터 마음이 짠하단다.

누리를 본 지가 꽤 오래된 것 같다. 조만간 간식이라도 사 들고 가야겠다.

위 광복절 날 책방에 찾아든 책방지기 광복이
아래 사료보다 감귤을 좋아해 농장에서 행복한 누리

6 제주에서 길을 묻다

제주에 사는 내내 하루하루의 생활에서 설레는 마음이 쉽게 사라지지 않았다.

아침에 일어나 창문을 열고 맞이하는 상쾌한 공기에서 여기가 제주임을 실감한다. 집 앞에만 나서면 모든 것들이 새롭고 여행 간다고 나서지 않아도 눈앞의 웅장한 한라산과 크고 작은 오름들, 푸른 바다를 보는 것만으로 마음이 설렌다. 제주의 생활은 매일매일 아무 계획도 필요 없고 그냥 마음 내키는 대로 움직이면 되는 완전한 자유를 만끽할 수 있는 여행 같은 일상이었다.

지금까지 내 삶은 느긋한 여유로움과는 거리가 멀었다. 매사에 긴장하며 살아왔다. 일에 얽매여 나를 잃어버리기도 했고 가장

가까운 가족들을 힘들게도 했다. 살아오는 길목이 가시밭길 같은 적이 많았다. 결국 인생의 한 단락을 마무리하는 퇴직의 시간을 맞이하여 새로운 길을 찾아 나섰다.

아파트를 구하고 주민등록지도 제주로 이전하였으며 마을 사무소에 직접 방문해 동네 역사책을 얻어 왔고 마을회비도 선불로 냈다. 일상에서 가능하면 지역민과 접촉하려 했고, 지역민으로 불리길 원했으며 지역민의 입장에서 제주를 바라보고 생각하려고 무척 노력했다.

제주에서의 생활을 돌이켜본다. 처음 생활은 느긋하려 했지만 아직 관광객의 입장이었다. 경치 좋은 곳을 참 부지런히 많이도 찾아 다녔다. 그때는 시골에서 할머니, 할아버지나 밭에서 일하시는 분들을 만나면 어색해서 먼저 말도 걸지 못했다.

그리고 고립된 섬이라 곧 지겨워질 거라던 지인들의 말은 맞지 않았다. 제주만의 특수성과 자연, 그리고 아픈 역사의 현장이 내 지적·정신적 호기심을 자극하고도 남았다. 제주의 속살을 보면서 역사와 문화를 알아가고, 생활하며 만난 사람들을 통해 척박한 삶을 이어온 이들의 모습이 조금씩 보였다.

그렇게 3~4개월 지나면서 차츰 동네 사람들과 낯이 익었다. 한적한 시골에서 만나는 사람들과도 친근해져 인사를 건네며 이야기를 나눴다. 그때부터 제주 속으로 한 발짝 깊숙이 들어간 느낌이었다. 제주의 이면이 느껴지고 심지어 문제점도 보이기 시작하니 제주를 어느 누구보다 사랑하는 소위 '찐팬'이 되어버렸다.

시간은 계속 흘렀다. 6개월이 넘어가니 여유가 생겼다. 제주에서 보고 느낀 점을 혼자만의 즐거움으로 남겨두기에는 아깝다는 생각이 들어 생활하면서 받은 사소한 감정들을 조금씩 기록하기 시작했다. 소소했던 느낌이 훨씬 배가되어 다가왔다. '그래, 내가 이런 느낌이었구나' 하고 새삼 인식했다. 스스로의 마음도 많이 정리되어가는 느낌이었다.

감정을 정리하고 기록한다는 것이 처음에는 조금 귀찮았지만 횟수가 거듭되니 어떤 내용을 적을지 고민도 해보았다. 어느 순간, 펜 끝에서 나오는 문장들이 자기 힘을 가지기 시작했다. 자꾸 다음 글을 쓰라고 나를 재촉한다. 그렇게 해서 여기까지 온 것 같다.

애초 계획했던 제주에서의 생활을 끝낼 시간이 다가오자 열심히 노력했지만 나 역시 여행객에 불과했다는 생각이 들었다. 현지 주민으로 정붙이며 재미있게 살았다지만 결국 우리는 이방인이었다. 지역민이라고 코스프레한 것은 아닌가 하는 자괴감이 들기도 했다.

행복하게 1년을 살고 여러 가지 사정을 고려해 과감하게 6개월 연장을 결정하기도 했다. 새롭게 주어진 6개월은 선물이라고 생각하고 남은 인생의 생활 방향을 적극적으로 모색하기로 했다. 언젠가는 육지로 귀환하여 새로운 일상을 만들어가야 하겠지만 아직은 제주가 나에게 더 있으라고 한다. 진한 아쉬움에 결국 2개월을 추가 연장했다.

가장 소중한 추억은 가장 소소한 일상이었다. 제주 사람들과 어울려 고사리를 꺾고, 무·당근·감귤 수확을 거들고 낚시를 했다. 문어를 잡으러 새벽 바다에 나갔지만 허탕을 치기도 했다.

제주에는 고사리장마라고 부르는 봄비가 내리는 기간이 있다. 비가 온 다음 현지인에게 고사리 꺾기를 배워 봄철 내내 꺾어서 삶고 말려 육지 지인들에게 선물로 보내는 즐거움을 맛보았다. 수확을 끝낸 겨울 무밭에서 상품 가치가 없어 남은 무를 거둬 무청 시래기와 무말랭이, 장아찌를 만들었다. 겨울, 아니 거의 1년 동안 요긴한 우리 집 밑반찬이 되었다. 동쪽 구좌에서는 달달한

땅이 주는 선물인 채소를 거두고 나물을 뜯으며 마냥 기뻐했다

당근을 주워 여러 음식을 만들어 먹고 남은 당근을 지인들에게 선물로까지 보냈다. 수확을 끝낸 집 근처 넓은 브로콜리밭은 우리의 텃밭이 되었다. 무엇보다도 재미있었던 일은 이른 봄 표선 바닷가 돌 틈 사이에서 방풍나물을 뜯어 먹었던 것이다. 장아찌도 만들고 삼겹살에 쌈으로 참 많이 먹었다.

육지와는 달리 제주에서는 3모작이 가능하니 철마다 수확 후 남은 농산물을 채집할 것들이 참 많다. 조금만 발품을 팔면 자연이 선물해주는 것들을 얻어먹을 수 있다.

인간은 기본적으로 채집인의 심성을 타고난 것 같다. 아내는 땅이 주는 선물인 채소와 열매를 거두고 나물을 뜯으며 마냥 소녀처럼 기뻐했다. 내색하지 않으려 했으나 나 역시 마찬가지였음을 숨길 수가 없었다.

제주에서 살아보니 새삼스럽게 인생이 달콤하다고 느껴졌다. 지금까지 살아온 삶의 방식이 아닌 전혀 다른 방식의 삶에서 인생의 참맛을 경험했다. 진정한 자유의 가치를 배웠기에 앞으로의 삶은 세상의 눈치를 덜 보면서 살아가겠다는 마음이 생겼다. 남은 인생을 재설계한다는 마음으로 지나온 시간을 되돌아보면서 정리하고 나아갈 방향을 고민하는 귀한 시간이었다.

제주에 대한 사랑도 현지인에 못지않아졌다고 자부한다. 제주에서의 삶은 그 자체가 축복이었고 희망이었기에 제주는 내게 제

2의 고향이 되었다.

우리는 제주로부터 무한한 사랑을 받고 마음껏 제주에서 즐기고 돌아가는 느낌을 감출 수 없었다. 그렇다면 나는 제주를 위해서 뭘 해줄 수 있는지 생각해보니 미안하게도 내가 할 수 있는 것이 하나도 없는 철저한 무능력자였다. 너무 무력함에 미안한 마음 금할 수 없었다.

새로운 인생을 계획하는 사람들에게 가능하면 모든 것을 내려놓고 제주에서 1년 정도만이라도 아무 생각 없이 살아보라고 권하고 싶다. 순수한 자연을 벗하면 스스로가 자연을 닮아간다. 과장된 표현일지는 모르겠지만 퇴직하면서 가졌던 불안한 마음, 앞으로의 삶에 대한 두려움에서 많이 벗어날 수 있고 자신감도 생겼다.

짧은 기간의 제주 생활이었지만 어쩌면 내 인생 중에 가장 행복한 시간들이 아니었나 반문해본다. 갑자기 많아진 시간으로 찾아온 고독을 이겨내니 외로움조차 즐길 수 있었다. 여유로운 제주에서의 삶은 나에게 느림에 적응하도록 새로운 선물을 줬다. 이제는 자신 있다. '조금 느리게 살아도 된다'는 확실한 답을 찾았다. 욕심 없이 생활했던 제주에서의 삶에서 인생에 대한 새로운 기대와 용기를 얻었다.

퇴직하는 날, 아내가 아파트 벽면에 대형 가족사진과 함께 자작시를 적은 플래카드를 걸어주었다. 감동과 감사를 담아 여기서 실어본다.

젊음과 열정으로
자신보다 나라를 위해 살았던
짧지만은 않았던 시간들….

고생하셨습니다.
참으로 수고가 많았습니다.

이제 가족의 성으로 귀환하심을
진심으로 환영합니다.
30여 년은 부모형제와 함께했고
30여 년은 국가와 함께했으니
나머지 30여 년의 시간은
오롯이 우리 식구들과 함께
꽃길만을 걸으며 살아요.

열심히 일한 당신!
어서 오시어요.